JN056215

スキルの使えない主人公
梶川光流（ヒカル）
「ひ、ヒカル……！
もっとゆっくり……！」
「ダメだ。少しでも早く
ダイジェルから離れないと」
世界初のパラディン
アルマティナ

「じゃあ自己紹介も済んだことだし本題に入るね、カジカワ君。いや『飛行士』君と呼んだ方がいいかな？」
ヴィンフィートのギルドマスター
イヴランミィ

「誕生日、おめでとうレイナ」
「おめでとう、レイナ」
『ふ、ふおおおっ……！
もう言葉にならないっす……！』
保護された
スラム暮らしの少女
レイナミウレ

スキル？
ねぇよそんなもん！

～不遇者たちの才能開花～2

silve

ぶんか社

CONTENTS

第一章　新たな生活と金策…………………………003

第二章　新たな人生と、新たな街へ……………030

第三章　新たな仲間と、新たな力………………134

第四章　新たな脅威、新たな敵…………………203

閑話　　一方その頃の勇者…………………………258

第五章　新たな一歩のために……………………262

閑話　　ロリマスと助っ人の、秘密のお喋り（しゃべ）…280

エピローグ　冒険者ギルドの受付にて…………283

第一章　新たな生活と金策

それは、半月ほど前の話。

残業を終えて職場から帰る途中、疲労のあまり仮眠をとっていた俺こと梶川光流（かじかわひかる）は、目が覚めたら異世界に飛ばされていた。

『何言ってんだお前。アタマ大丈夫か』と思われるかもしれないが、でもこれ現実なのよね。

まるでファンタジー系のゲームのように『ステータス』という概念が当たり前にある世界。

本人の能力を『能力値』という数字として、あるいは『スキル』という概念で確認することができる世界なんだとか。

就職する時なんかに便利そうだ。というか実際それらを指標に職を決めるのが普通らしい。

そっからネット小説の主人公よろしくチート能力を授（さず）かって、モンスターに襲われてる美少女を助けて、なんやかんやで仲良くなるーって流れなら良かったが、チート能力どころかその辺のザコ魔獣にすら劣るクソザコステータスなうえに、美少女を助けるどころか助けられる始末だった。

しかも、これから先どれだけ努力しても『スキル』というものを俺は獲得することができないらしい。いじめか。

スキルはこっちの世界じゃ技能資格みたいな認識でもあって、コレがないとまともに就職もできやしない。唯一、職に就ける見込みがあるとすれば、命がけの仕事が主の冒険者くらいだ。

普通に考えてほぼ詰んでいるような状況だったが、俺を助けてくれた少女ことアルマの助けや、謎のメニュー機能のおかげでそれほど苦労せずに日々を過ごすことができていた。

特にアルマには助けられっぱなしで、ヒモのダメ男にでもなった気分だ。え、実際ダメ男？　やかましいわ。

慣れない異世界生活にも順応し始めてきたところで、『スタンピード』と呼ばれる大量の魔物が街へ向かって侵攻してくるイベントもあったが、なんとか乗り越えることができた。

それが、半月前からついさっきまでのお話。

今現在はというと——。

●

スタンピード撃退を、ちょっぴり豪華な料理で祝うためのお料理開始。

今日の晩ご飯のメニューはカツ丼。必勝祈願にカツ丼を食うなら普通戦いの前に食うべきだったかもしれないが、朝からカツ丼とか無理。もたれるわ。

お料理のゲストにアルマママこと、ルナティアラさんにサポートしていただくことになりました。というより、ご本人のほうから手伝いたいと申し出てくれた。

ナイスバデーの美人さんが隣で手伝ってくれて、本来なら嬉しい状況なんだろうが相手は人妻。それも後ろで旦那さんがこちらを見ているので、迂闊なことを考えられない状況です。

そんなアルママママの実力ですが、カツ丼に加える玉ねぎを薄切りにする作業の時に、アルママママの手つきが凄まじく速く丁寧で、ちょっとよそ見してる間に綺麗に刻み終わってました。

俺、思わず呆然。アルマママ、渾身のドヤ顔。これが料理スキルの力か。

メインのカツを作る際にも、パン粉を作ってもらったりした。

パン粉は買ってきたパンを宿屋の冷凍魔具に入れて凍らせたものを砕いて作ろうとした。

しかし、凍ったパンが思った以上に硬くて砕くのに苦労しそうだったが、アルマママが素手で握って簡単に粉々にしてくれました。……この人、絶対に怒らせないようにしよう。怖ひ。

下味をつけた肉に小麦粉と溶き卵、そしてパン粉をまぶして揚げたものを、煮込んだ出汁へ投入し、最後に残りの溶き卵を回し入れて、十秒ちょっと煮込んだものをアロライスにかけて、青ネギモドキを刻んだものを振りかけて出来上がり。

野菜の塩もみを漬物代わりに小皿に用意して、申し訳程度に栄養バランスをとってみたり。

「できました。ルナティアラさん、お手伝いありがとうございます。野菜を刻む速さとか、すごかったですね」

「うふふ、どういたしまして。ヒカルさんの料理は独特な調理工程で、楽しく進められるわ。パンを乾燥させて砕いたものをまぶして揚げる、というのはお肉以外の食材にも合いそうね」

それぞれの席にカツ丼と野菜の塩もみを並べて合掌。いただきます。

うむ、美味い。やっぱ丼ものの中でも、格別の満足感とボリュームがあるな。

手作りのカツ丼なんか久しぶりに作ったけど、自炊を毎日続ける習慣がなければ面倒で作らなかっただろうな。

「美味い。汁が染みているのに少しサクサクしているのがたまらん……」

「この間のオヤコドンにちょっと似てるけど、食感も味も全然違う。美味しい」

「うふふ、作り方はもう覚えたから、料理のレパートリーに加えておくわ」

……自分以外にこうやって食べてくれる人がいるから、続けられているのかもしれない。

自分の作ったものに人から評価をもらえるのは、やっぱり嬉しいからな。

食べ終わった後、食器を洗って乾燥。

食器を空中に浮かべながら乾燥するとなかなか捗るが、他人の目がある時にはできないなこれ。

「……相変わらず異様な光景だな」

「流石に他の人が見ている前ではできませんけどね」

「当然だな。今回のスタンピードでも大層活躍したそうじゃないか、聞いた話だとブレードウィングに取り付いて次々と地面に激突させていったとか」

「上空から石を投下してホブゴブリンを何体かミンチよりひどい状態にしたとか聞いたわ」

……あらら、思ったより目立っていたのかな。スタンピードの際にどんな戦い方をしたのか、お二人の耳にも入っているようだ。

「私がウェアウルフと戦っていて、危ない状況になったらウェアウルフに突進して助けてくれた」

「ああ、それも聞いたよ。なんでも、ウェアウルフに噛み付かれながらも必死に押さえ付け続けて、それどころか逆に噛み付き返していたらしいじゃないか」

「無茶するわねぇ。レベルが一回り近く上の魔獣相手にそれは自殺行為よ。アルマちゃんも新しいスキルを使えるようになったからって、あまり無理しちゃダメよ」

「……ごめん、軽率だった」

「すみません、頭に血が上っていたみたいで……」

シュンとした顔で俯くアルマの隣で俺も反省。まるで猿回しである。

「……だが、二人がウェアウルフに立ち向かっていなければ大きな被害が出ていたかもしれない。その勇気は買おうじゃないか」

「いえ、そんな。アルマはともかく、俺はヤケになって突っ込んだだけですよ」

急に褒められて、照れたりする前にちょっと困惑してしまった。

他人から褒められるのはいつぶりだろうか。……悲しくなってくるからこれ以上考えないようにしておこう。

「それより、親玉の討伐のほうが大変だったんじゃないですか？　侵攻してきた魔獣に比べて、森林の中は強力な魔獣が多かったんでしょう？」

「いや、正直言って素手でも楽勝なくらいだったがね」

「スタンピードのボスもレベル50くらいのゴブリンキングだったし、侵攻してくる魔獣の対応にデュークを残しておいても良かったくらいよ」

「まあ、ボスの中には弱くても物理無効とか魔法無効の装備を身に着けているやつがいることも稀にあるから、念には念を入れて二人で向かったわけなんだが」

あー、魔法や物理攻撃が通じない相手じゃ、このご両親でも一人だとキツいのか。

「今回の親玉は、ルナティに向かって奇襲を仕掛けてきたな。半端に知恵が回るやつだった」

「え、大丈夫だったんですか？」

「……奇襲を察知したルナティに、杖で殴り飛ばされていたよ」

「あれぐらいなら、魔法を使うまでもなかったわね。うふふ」

怖ひ。穏やかな笑顔とは裏腹に話題が物騒すぎる。

魔法使いでも、ここまでレベルが上がると物理攻撃力も相当なものみたいだな……。

「あと、ボスの討伐から帰ってきた際に『アルマティナをぜひウチのパーティに入れさせてくれ』とせがんでくる者たちが何人かいたな」

「ウェアウルフにトドメを刺したのはアルマちゃんで、それが決定打になったと皆言っていたわね」

んー、冒険者同士の飲み会でご両親に言い寄ってきた人たちがいたみたいだが、その人たちからアルマや俺の戦いっぷりを聞いたのかな。なんだかあんまりいい気分じゃないな。

「槍使いの人と双剣使いの人が消耗させて、ヒカルが動きを抑えてくれてたからできたこと。私一人の力じゃない」

「そうだな。それを分かっているからこそ、お前を誇らしく思うよ」

「こんなに立派になって……！　お母さんまた泣きながら抱きしめちゃいそうよ！」

「……息が止まるまで抱きしめるのは勘弁してほしい」

前にそれで死にかけていたしな。

「もっとも、パーティの誘いをアルマ本人が断ったのなら、私たちが言うことは何もないと返しておいたがな」

「一部しつこく嘆願してきた人もいたけど、ちょっぴり威圧しただけで気絶してしまったわ。残念だけど、あんな貧弱な人たちにアルマちゃんは預けられません」

「それでいい、ありがとう。……もう、私はパーティを組む人が決まっているから」

「それは、ヒカル君かね？」

和やかな雰囲気から一変、少し張り詰めた空気になった気がした。

でも、会ったばかりの時と違って、こちらに対する敵意のようなものは感じられない。

「うん。ヒカルには何度も助けられた。これから、少しでもお返しがしたい」

「いや、俺は大したことしてないんだけどな。でも、まあ、パーティを組んでくれるって言うなら大歓迎だよ。俺はまだまだ弱いから、足を引っ張らないようにしなきゃいけないな」

「うふふ、ヒカルさんは私とデュークに睨まれても自己紹介ができるくらいには肝が据わっていたわね」

「……正直、思うところはあるが、あのような者たちに誘われるよりは、ヒカル君と組んでもらったほうが安心できるな」

その誘ってきたパーティがどんな人たちだったのか逆に気になるわ。

スタンピードの時には皆頑張っていたように見えたけど、中には変なのも混じっていたのかな。

「どうか、娘をよろしくお願いしますね」

「ああ、もしも手を出したりしたら……分かっているね？」

「アッハイ」

なんだこの娘を嫁に出すような対応は。あくまでパーティを組むだけなんですがそれは。

？　アルマもなんでちょっと顔を赤くして嬉しそうにしてんの？

「ああ、そうそう。スタンピードの報酬の引き渡しが明後日から行われるそうだから、忘れず受け取りに行っておきなさいね」

「参加者が少ない分、ギルドの払う報酬も比較的少なくて済むみたいだが、事後処理があるから今日や明日に払うのは無理らしい」

「そうですか。ご連絡ありがとうございます」

パーティの結成が済んだら、何をしようかな。

やっぱ観光とか？　美味いもん目当てに旅行しながら活動するのも面白そうだな。

でも、強そうな魔獣に襲われたりしそうで怖いし、どうしようか。

まあ、時間はたっぷりあるし、アルマと相談してから決めよう。

●

スタンピードから一夜明けて、翌日。

今日からパーティとしての活動を始めていくわけですが、ここでいきなり問題発生。

アルマと相談した結果、魔獣森林でゴブリンなんかの魔獣を討伐して訓練しつつ、依頼報酬を受け取る手筈に決まり、受付で依頼を受けようとしたんですが、恐らく今は無理と言われた。

なぜかと聞いてみると、スタンピードが済んでからしばらくの間は魔獣の数が激減しており、エンカウントすることはほぼないらしい。

その間に魔獣のテリトリーに入って貴重な素材なんかを採取する人もいるそうだが、魔獣森林で手に入るのは薬味くらいで、高価なものはほとんどないんだとか。

要するに、今の状況じゃ魔獣を狩って生計を立てつつレベリングをするのは無理。

現にスタンピード以来、魔獣森林に入る人間は皆無だそうだ。

……どうしよう。初日から計画が破綻してるやないの。

アルマもスタンピードの直後は魔獣の数が激減することを知ってはいたが、失念していたようだ。

だが、考え方によってはチャンスかもしれない。

踏み込む人間がいないということは、あの森の中に高級な『エフィの実』があることを知っている人がほとんどいないということだろう。

なら、今のうちに手に入るだけ手に入れておこう。金策開始だ。

そんなこんなで、現在森の中に来ているわけですが、やっぱ薬味ばっかり生ってるなこの森。

ついでに採取した薬味類はアイテム画面に収納。荷物がかさばらないって素晴らしい。

この機能をアルマに見せた時には『……ヒカルの非常識にはもう慣れた』とか呆れ気味に言われてしまった。この機能もやっぱチートっぽい。

アイテム画面のことが人にバレると絶対面倒なことになるから人前で使う時には上手く誤魔化すようにとも言われた。メニュー関連の機能こんなんばっかや。

誤魔化す手段が必要になるが、似たような機能を持つ入れ物に『アイテムバッグ』というものがあり、そいつも見た目よりずっと多くの品物を入れることができるが、容量は有限だし時間経過や外の環境の影響も普通に受けるらしい。

アイテム画面を誤魔化すのには便利な存在だな。人前でアイテム画面を使う時はカバンをアイテムバッグに見立てて、手を突っ込みながら出し入れすることにしよう。

肝心のエフィの実だが、見つけるのにさほど苦労はしなかった。

エフィの実そのものが魔力を含むため、魔力感知によってある程度の位置が特定できるからだ。

魔獣の数が多い普段の状態だと、魔獣の魔力に気を取られてエフィを見つけるのは難しかっただろう。そう考えると、今はエフィの採取ができる数少ないチャンスだ。

広い森を数時間も探索して見つけることができたエフィの木はたったの三本。天然物のエフィの木は見つけるのが難しいと言われるらしいが、ここまで希少なものなのかよ。よく初日に見つけられたもんだ。

流石に根こそぎ持っていくのは気が引けたので、二割くらい残して収穫した。

それでも数十個ものエフィを手に入れられたので、しばらくお金には困らないだろう。

アイテム画面に入れておけば劣化しないし、好きなタイミングで売ったり食べたりできるから、ホント便利だわー。

帰りはアルマを抱えて森の上空に移動し、街の方向を確認してからひとっ飛び。

森の出口付近で降下して、歩いて森から出てきたように見せかけておく。飛んでいるのを見られたら飛行士の正体ばれかねないし。

その後に街へ戻って、エフィをギルドに納品した。

薬草と違って常に需要があるわけでもないし、劣化させずに長期間の保存ができない果物なので十個しか納品できなかったが、それでも一〇〇〇〇エンものお金が手に入った。

今後もエフィを売る時は需要がある状況か、もっとエフィの値段が高い地方で売るのがいいかもしれない。

稼いだお金の使い道だが、装備を新調するための費用に充てることにした。

俺は魔力の装甲とか外付けのＨＰがあるからそうそう傷付くことはないけど、まだ魔力操作に慣れてないアルマにはもう少し良質の装備品を用意させたい。

あと、使っている剣がそろそろ寿命らしいので、より良いものに買い替えることにした。

一年近く使ってきたうえに、魔力を上乗せした魔法剣なんか使ってウェアウルフとやり合っていたいたし、ボロボロになるのも当然か。

武具屋のおっちゃんに採寸してもらって、新たな装備を作ってもらうことに。

三日後には出来上がるから忘れずに来い、と鋭い目で言われた。ギルマスほどじゃないけど、このおっちゃんも目つきが怖い……。

装備が出来上がるまでの期間は、討伐や採取は一旦控えてちょっとした訓練をすることに。

シャワーを浴びて寝る前に、体力作りに走り込みや筋トレをするのはもう習慣化しているが、日中に行う訓練はまた別だ。

いい加減に剣術スキル技能の【魔刃】をまともに再現したいので、使っている時の魔力の動きを確認するためにアルマに手本を見せてもらっている。

「実際、魔刃を使って斬るといつもより切れ味が良かったりするのか？　俺が再現してもほとんど変わらなかったんだが」

「初歩の技能だけど、使うのと使わないのとでは大分違う。上手く使えばゴブリンの使っている武器くらいなら壊せるようになる」

「んー……魔刃を使っている時に、魔力の刃が微妙に動いているのは分かるんだけどなぁ……」

魔力で刃を作るだけでなく、その刃を動かす必要がある。

実際どんな風に動いているんだアレは？　剣を振っている間しか発生してないからイマイチどう動いているかワカラン。

俺の魔刃もどきと違って発動中に剣がピカピカ光ってるけど、あれにも意味があるのか？

ん？　あ、待てよ？　別に俺が無理に確認する必要なくね？

メニュー、魔刃を発動してる間、どんな動きしてるか解析できるか？

《魔力の刃を、高速で微振動させている。光は単なるエフェクトで戦闘における意味はない模様》

へぇ、刃を振動させて切れ味を増しているのか。いわゆる高周波ブレードみたいなイメージか？

ファンタジーというよりＳＦじみた技なんだな。

……って、光るのは意味ないの？　なんのためにあんなもん発してんだよ！　魔力の無駄だろ！

つーか、えらくあっさり解析できたな。最初っからこうしときゃ良かったわ。なんのためにあんなに苦労していたのやら。

うーん、となるとやっぱりそのまま再現するのは難しそうだなぁ。

切れ味が増すほどの振動を上手くイメージして再現できる気がしないし。俺が再現できる振動と言ったら、せいぜいケータイのバイブぐらいのレベルが限界だ。

振動させる以外で、魔力の刃を動かして物を切断するとなると、どうしたらいいかな。

工場で使ってた設備や道具にヒントがないか、思い出してみるか。

魔刃の再現だが、ひとまず実用のレベルには達したと思う。

剣を媒介にするのも、魔力消費が少し多いができなくはない。

生身に魔力の刃を纏わせたほうが消耗も少なくて、安定した運用ができるけど。

魔力の刃を振動させるのではなく、チェーンソーのように高速で刃をスライドさせるイメージで的を斬ってみたところ、スパッと一瞬で斬れたりはしなかったが、普通に剣で斬るよりは格段に攻撃力が上がっているのが実感できた。

というか、剣術スキルの魔刃に比べて物を斬るのに若干ラグがあるが、より肉厚な物を斬るのには俺の魔刃もどきのほうが適しているようだ。

魔刃もどきというより、もはや魔刃改と言ってもいい完成度だな。ふふふ、やっとまともな攻撃手段が開発できたぞ。

「……まとも……？」

「……なんだねその反応は……？」

魔刃改で的を斬って満足そうな俺を、アルマが顔を引きつらせながら見ている。そんな顔せんでも。

……魔刃改の刃はスキルと違って不可視だからな。アルマからすれば、斬れるはずのない勢いで振った剣が、まるでプリンでも切るかのように容易く、ゆっくりと稽古台を切り裂いたように見えたんだろう。……そりゃ怪訝そうな顔にもなるか。

他にも、調子に乗って手の先にドリル状に変えた魔力を纏い高速回転させて、貫通力を上げた貫手とか開発してみた。工場で使っていた電動工具をヒントに開発した技だが、威力だけはなかなかエグい仕上がりになったと思う。

生身で使うとリーチが短いのがネックだが、剣を媒介にすれば問題ない。ちと威力は下がるが。

「それ、人に向かって使わないほうがいい。死んじゃう……」

「いや、流石に人間相手にそんなことはしないよ。多分」

「……多分……？」

相手が悪くて、こっちに命の危険がある時は使ってしまうかもしれない。

使うにしてもなるべく殺傷力は抑えるつもりだが、使う機会がないことを祈る。

俺の魔刃再現その他はとりあえず一区切りだ。下手したらいくらでも新しい技を開発できそうだけど、キリがないし。

俺のほうはひとまず置いといて、今度はアルマのほうの新技の習得訓練。

といっても、ぶっちゃけスキル技能を魔力操作で強化・改造するだけなんだけどな。

ホブゴブリンやウェアウルフとの戦いの際に火炎剣を魔力操作で強化したように、他のスキルでも似たようなことができないか試してみるようだ。

今回は攻撃魔法のアレンジを実践。

攻撃魔法はポピュラーだが少し特殊なスキルで、同じLv1のスキルでも個人によって習得する技能が違うらしい。

アルマのように火属性のファイヤーボールを習得する者もいれば、ストーンバレットという地属性の尖(とが)った石を飛ばす魔法を習得する者もいるらしい。

人によって使える属性の数も違って、例えば火属性しか使えない代わりに、火属性ならではの様々な魔法を使える人もいる。

ファイヤーボールはもちろん、炎の壁を作ったり、三方向に向けて炎の槍を放ったり、高速で遠距離まで届く炎の弾丸を放ったり、レベルが上がるごとに様々な形態の魔法が使えて、一点特化ならではの強みがあるとか。

その分、火属性が効かない敵には滅法弱いらしいが、そこは仲間のフォローでどうとでもなる。

逆に使える属性の数は多いが、その分一つの属性ごとに単純な運用しかできず、器用貧乏な魔法使いになってしまう人もいるんだとか。

アルマの場合は後者。攻撃魔法Lv4の時点で火、風、水、雷の属性が使えるが、どれも各属性の弾丸を飛ばすだけの単純な魔法だ。神様はこの子をどんだけ器用貧乏にしたいんだか。

まあ、魔力操作ができるならそんな弱点も無視できるんですけどね。ザマミロ神様。

いや、むしろアルマが色んな属性が使えることに感謝しておくべきか。アリガトウゴザイマス。

俺にはスキルを一切くれなかったけどな！

魔力操作による魔法のアレンジだが、例えばゴブリン相手に使っていた火球ファイヤーボール。単純に消費する魔力を上乗せすれば、そのまま大きく、高威力の火球へと強化することができる。形状もかなり自由に変えられるみたいで、三方向どころか八方向、つまり自分を中心にあらゆる方向に同時に火球を放つことも可能だ。あれ？　もうこれ、上位の魔法習得する必要なくね？

レベルが上がって属性が増えればさらに幅広い運用が可能になるだろうが、攻撃魔法スキルのレベルアップはあまり重要じゃなくなってしまいそうだな。

「……どうしよう。すごく、楽しい」

本人はとても機嫌良さそうに高威力のアレンジ魔法使いまくってるからいいけどさ。

……これまで威力の低い魔法しか使えなかったから、ストレスが溜まってたのかな……。

あ、魔力が切れたっぽい。そのまま倒れそうになったアルマを大慌てで支えた。危ない危ない。

……普通に魔法を使うより魔力消費が激しいから、使いどころを考えるのが今後の課題か。魔力供給をしたら、今日はもう宿に戻ろう。……あー、やっぱこの子軽いなー。

●

装備の注文から三日経ったし、そろそろアルマの新装備が出来上がったと思うので装備屋へ行ってみるか。

すっぽかしたりしたらあのおっちゃん怖そうだし、朝から受け取りに行ってみた。

店はもう開店しているらしく、カーテンも全開で窓から中の様子がよく見える。

というわけでお邪魔します。

店の中に入ると、鉄や革の匂いなのか独特の空気が漂っている。

これで入るのは三度目だが、並んでいる剣や鎧なんかを見ていると年甲斐もなくワクワクしてくる。……俺ってまだ心の中が子供のままなのかな。

「装備を受け取りに来た」

「ああ、嬢ちゃんか。もう出来上がっているからさっそく装備してみてくれ。しっくりこないところがあったら調整するから遠慮なく言うといい」

「分かった」

そう言ってカチャカチャと胴当てやらブーツやら脱いで……っておい！

「いや、ここで脱ぐなよ!?　着替え用のスペースが奥にあるからそっちで着替えな！」

「？　別に服まで脱ぐわけじゃないから大丈夫だけど」

「いや、そうかもしれんが、そういうことじゃなくて……いいから奥で着替えなさい」

この場で着替えようとするアルマを慌てて止めるおっちゃん。

注意されて怪訝そうな表情のまま、奥のカーテンで隠れた着替え用のスペースへ移動していく。

「……あんたのツレだろ？　もうちょっとああいうところ注意してやれよ」

「すみません。ちょっと無防備すぎるところがありまして……」

いやね？　アルマの言う通り、別に裸になるわけじゃないんだけどね？

でも、女子の着替えっていうのは大っぴらに見せていいモノじゃないと思うんだ。

アルマみたいに可愛い子ならなおさらだ。現に店の外から覗いてる野郎どもの残念そうな顔がいくつか見えてるし。お前らマジで許さんぞコラ。

アルマのご両親が親バカになった理由は、こういうところにも一因があるんじゃなかろうか。

いや、あの二人ならそうじゃなくても親バカだろうけど。

そんなこと思っているうちに、着替え終わったアルマが奥から出てきた。

ふむふむ、新しい胴当てとブーツも黒が基本の色彩で、髪の色とマッチしていてなかなか似合っているじゃないか。

「着ていてどっか違和感があったりしねぇか？」

「全然ない、自由に動く」

「そりゃ良かった。よく似合ってるよ」

外見はいい感じだが、性能はどうかな？　ちょっとチェック。


人狼革の胴当て（防御力＋５０）　疾風のブーツ（防御力＋１５　素早さ＋３０）

……人狼革？　コレ、もしかしてウェアウルフの素材から作られてるのか？

こないだウェアウルフと殺し合ったばかりだし、ちょっと複雑な気分だ。

疾風のブーツは俺が変装していた時に装備していたのと同等の性能みたいだな。見た目とサイズはアルマ用にカスタマイズされている。おっちゃんもなかなかいい仕事するやん。

「それと、これが新しい剣だ。大事に使いな」

「うん、ありがとう」

おっちゃんが手渡した新しい剣を見てみると、これまで使っていた鉄剣とはもう見た目からしてレベルが違うのが分かる。ピッカピカやないの。

……お値段いくらだっけ？　ちょっと性能チェックがてら確認。


鋼鉄の剣（ミスリル刃）攻撃力＋８０　知能＋１０　値段：七〇〇〇〇エン

……ミスリル刃？　ベースは鋼鉄だけど、刃の部分はミスリルが使ってあるのかコレ？

てか、この世界ってミスリルとかあるんだ。オリハルコンとかもあるのかな。

……値段が俺の使ってる鉄剣の七倍もするんですけど。

「合計で一二〇〇〇〇エンだ。今すぐ払えないなら分割払いでもいいぞ」

「大丈夫、払える」

まあ、必要経費だ。スタンピードの報酬やエフィの実を売った資金で十分賄えるから無問題。

命を預ける商売道具だし、むしろ安いくらいだろう。

「そっちのアンちゃんは何か買わねぇのか？」

「いやー、この間買ったばかりですし、しばらくは弱めの魔獣と戦う予定なので今はいいです」

「そうか。こっちの嬢ちゃんの装備はガタがきてたし、購入する装備の時期と性能がずれるのは仕方ねぇか。だが、必要な時に装備にかける費用をケチると碌なことにならねぇから、無理するんじゃねぇぞ」

「お気遣い、ありがとうございます」

さてさて、装備も新調したし修業がてら魔獣の討伐にでも行きたいところですが、魔獣森林はまだ魔獣たちがいないままだ。

どうしたもんかと悩んでいると、アルマが声をかけてきた。

「魔獣森林での討伐は無理だけど、他にも魔獣を倒したりしながらお金を稼ぐ仕事はある」

「え、それってどんな仕事なの？」

「テリトリーからはぐれて繁殖した魔獣を討伐する依頼を受けたり、『ダンジョン』の探索をして修業しながらアイテムを手に入れたりする人も多い」

……魔獣の討伐依頼はともかく、サラッと聞き慣れないワードが出てきたな。

『ダンジョン』って何？

《この世界に自然発生する迷宮。人工的な造りをしていることも多いが、人の手で建設されたものではない模様。内部には魔獣が生息しており、トラップなども数多く設置されている。ただし、宝箱なども点在しており、貴重なアイテムを手に入れた例も数多い》

要はローグライクゲームのダンジョンみたいなイメージかな。

魔獣やトラップといったリスクもあるけど、その分お宝というリターンもあるということか。

……そんなもんが自然発生するとか、どう考えてもおかしい気がするんですがそれは。

まあいいや。今後は俺たちでも倒せそうな魔獣の討伐依頼があれば受けることにして、依頼がなければダンジョンの探索をしてレベリングしつつお宝を手に入れて換金しながら稼ぐ方針でいくのが良さそうだ。

スキルがないならレベルを上げて、基礎能力を強化して強くなっていこう。

弱いままじゃアルマの足手まといになるだけだし。……まずはヒモの卒業を目指そう。

じゃあ、まずはギルドへ向かって依頼を確認してみるとしますかね。

●

アルマとパーティを組んで、活動を始めてから一ヶ月ほど経った。

初めのうちは順調だったんだが、ちょーっと進歩に欠けるというかなんというか。

といっても、経済的な面では特に問題なく稼ぐことができてはいる。

ダンジョンの浅い階層を探索しつつ魔獣を討伐しながら、時々宝箱からアイテムを手に入れたり、あるいは低レベルの魔獣を討伐する依頼を受注・達成してレベリングしつつ報酬を受け取ったり、収入自体は悪くない。

武器や防具のメンテ代を差し引いても、月の生活費には大分余裕がある状況だ。

問題はステータス。某先生から『まるで成長していない……』とか言われるほどじゃないとは思うが、レベルが上がるにつれて成長のペースが遅くなってきた。

ちなみに今のステータスはこんな具合。

梶川　光流　Lv１５　年齢：２５　種族：人間　職業：ＥＲＲＯＲ（判定不能）　状態：正常
【能力値】
ＨＰ（生命力）：２００／２００　ＭＰ（魔力）：１５２／１５２　ＳＰ（スタミナ）：０／６０
筋力：１２２　攻撃力：１２２（＋３０）（＋２）　防御力：１２２（＋１５）（＋５）
素早さ：１２０　知能：１２４　器用さ：１２７　感知：１３０　抵抗値：１１９
幸運値：１１９
【スキル】
※取得不可※
【装備】

鉄剣（攻撃力＋３０）　熊革の胸当て（防御力＋１５）　安全靴（攻撃力＋２　防御力＋５）

ようやく能力値の数値が三ケタに到達した。

……いやー、予想はしてたけど、レベルと同じ分だけ数字が上がるのって、こうして見るとけっこうエグいな。これだけでも普通にチートやん。

同レベルの人から見れば、ちょっと弱いけど幸運値がやたら高くて不自然なステータスに見えるんだろうなー。

いや、ちょっと前まで不自然どころじゃないクソザコステータスだったのに比べりゃまだましか。

そのうち高くなりすぎて不自然になりそうだが、ザコのままでいるよりずっといいだろ。

アルマのほうはどうかな。

アルマティナ　Lv16　年齢：16　種族：人間　職業：パラディン　状態：正常
【能力値】
HP（生命力）：305／305　MP（魔力）：207／207
SP（スタミナ）：135／135
筋力：155　攻撃力：155（＋80）　防御力：144（＋50）（＋15）
素早さ：154（＋30）　知能：171（＋110）　器用さ：107
感知：156　抵抗値：121　幸運値：70
【スキル】
剣術Lv4　攻撃魔法Lv5　体術Lv4　投擲（とうてき）Lv1　魔法剣Lv2

【装備】ミスリル刃の鋼鉄剣（攻撃力＋８０　知能＋１０）　人狼革の胴当て（防御力＋５０）
　　　　疾風のブーツ（防御力＋１５　素早さ＋３０）

能力値はパラディンに転職してから、見習いの頃の三〜四倍くらいの上昇率になっているらしく、大体一回のレベルアップごとに6〜10くらいずつ増えているようだ。

多少バラつきがあるのと、普段の鍛錬の成果が出ていて、俺に比べて能力値ごとの差が大きいな。

剣と魔法を兼ね備えた万能型の職業だからこれでも偏りが小さいほうらしいが。

さらにアレンジ魔法を使いまくっている影響か、攻撃魔法がLv5にアップしている。

新たに『地』属性の魔法を扱えるようになったらしい。まだ属性増えるの？　もう十分じゃない？

体術スキルも上がっているな。実戦で体術スキル技能を多用する機会が増えたからだろうか。

……あるいは、強敵と当たるたびに急所攻撃を当てて大ダメージを与えてるから、熟練度が上がりやすくなってたりするんだろうか。やめたげてよぉ。

MPの数値が俺もアルマもやたら高くなっているが、アルマの場合は寝る前に一度魔力を枯渇させた後、俺が補給して最大値を上げるのを習慣化している。

俺も寝る前にMPがゼロになるまで消費させて、眠ることで全回復して最大値を伸ばしている。

しっかし、こう毎晩魔力を枯渇して俺の前で無防備な状態を晒して、やっぱこの子無防備というか自分の身に対する危機感がないというか。俺を信用してくれているっていうのは分かるし嬉しいが、俺も一応男だからね？　忘れてない？

とりあえず今の状況はこんな感じ。

んー、ダンジョンのより深い階層に潜ったりしてみてもいいかもしれないが、メニューが言うにはこれ以上奥へ進むと、魔獣の強さよりもトラップの凶悪さが増してくるのであまりおすすめできないらしい。

かといって、この周辺での魔獣退治の依頼はもう大したものは残っていない。

魔獣の討伐以外にも、水路のドブ攫(さら)いの依頼や荷物の運搬なんかの仕事をして、基礎体力向上のトレーニングにもなる依頼を受けたりもしていたが、基礎レベルは上がらないし。

この街に留(とど)まっている限りは、これ以上レベルを上げるのは難しくなってくるだろう。

メニュー曰(いわ)く、レベル10台の時点では月に1~2ほどレベルが上がれば上等らしく、ひと月で五つも上がっている俺たちのペースは非常に順調ではあるらしい。

だが、それはあくまで平時の話。今の状況だと、レベル10台程度のままでいるのはとても安心できるものではない、らしい。

今は非常時だ。スタンピードがどうこうとかそんなスケールの話じゃない。

下手をすれば世界全体が重大な危機に晒されることになるかもしれないらしい。

その危機ってなんのことだよって?

『勇者』と『魔王』だよ。

二日前のことだった。

『ケルナ村』という集落の畑を荒らしているイノシシ型の魔獣を討伐する依頼を受注し、およそ五日間にも及ぶ魔獣駆除作業にようやくケリがついた日だった。

トータルで一〇〇頭近くもの大規模な群れだったが、数日に分けて討伐していって徐々(じょじょ)に数を減らしていき、最終日には群れを率いているボスをどうにか討伐できた。

ボスはウェアウルフ以上に強力な魔獣で、一歩間違えば危なかったかもしれない。

もう暴れまくるわうるさいわ臭いわ頭に剣をぶっ刺しても死なないわの泥仕合。

最終的に剣を頭に刺したままの状態で火炎剣(バーナーブレード)を発動して、脳をこんがりローストしてやってようやく倒れ、その後しばらく虫の息ながらも生きていたが、まもなく息絶えた。

もうこんな接戦は二度とごめんだと内心愚痴(ぐち)りまくり、心身共に疲労困憊(ひろうこんぱい)の状態だったが、苦労した分の達成感もひとしおだった。

依頼達成をギルドの報告し、すぐに宿へ戻ってベッドでウトウトとし始めたところで、アルマの焦ったような声が部屋の外から聞こえた。

「ヒカル、起きて！」

え、何？　どしたの？

「んん……？　アルマか？　どうしたんだ？」

「寝る前に空を眺めてたら、月が、両方とも満月になってるの……！」

両方？　ああ、そういえばこの世界って月が二つあるんだったな。夜空なんか初日以来じっくり見てないから忘れてた。

いや、それがどうした？

「……それって、何がおかしいんだ？」

「二つの月は片方が満ちてる分、もう片方が欠けるのが普通なの。でも、今夜の月はどっちも満月。どう見ても変」

そりゃ確かに珍しいかもしれんが、こっちの世界の常識に疎い俺からすればそんな驚くことか分からないんですが。

これってなんかの異常の前兆とかなのかな？　メニューさん、なんか知らない？

《二つの月が完全に満ちている状態は、本来の月の満ち欠けの周期に関係なく起こる現象》

《二つの満月が現れるのは、『魔王の誕生』及び『勇者の召喚』が今夜行われる合図である》

は？　魔王？　勇者？　え、なにそれは。

あー、そういえばギルマスが前にチラッと魔王の誕生が近いとかなんとか言ってたっけ。

それで、魔王が誕生する日が今日で、それと同時に勇者が召喚されるのも今晩だってことか。

もうそのお二人だけ隅の方で仲良くドンパチやっててくれませんかね。世界を巻き込むな。

「……アルマ、それ、魔王の誕生と勇者召喚の合図らしいぞ」

「え、ええ…!?」

「まあ、すぐにこっちに影響は来ないみたいだし、詳しいことは明日話し合うことにして今日はもう寝よう。眠いし」

「ゆ、悠長すぎる気がする……」

釈然としない様子だが、そんな顔されてもどんなリアクションとればいいのやら。

あたふたして不安を煽るよりマシでしょ。実際どれだけ深刻な事態なのかさっぱりだし。

……まあ、何が起こっても対応できるように準備は進めておくとしよう。

でも今日はもう寝よう。仮に魔王が訪ねてきたとしてもガン無視して寝よう。もうすっごい眠いし。おやすみ。

なんて、睡眠欲にかまけて危機感の欠片も持っていなかった自分をぶん殴りたい。

次の日にアルマから話を聞いて、やらなきゃならんことが山ほど増えたことに頭を抱えるハメになるとは、惰眠を貪ろうとする俺の頭では全く予想できていなかった。

第二章　新たな人生と、新たな街へ

気が付くと、真っ白な光景だった。

どこを見ても白一色で、本当に目が見えているのか分からない。

ここには何もない。誰もいない。自分の体さえも見えない。いや、体そのものがない？

オレ、いったいどうなってるんだ？

……ああ、夢か。自覚のある夢、明晰夢とかいうの。

夢を自覚すれば、好きな夢を見ることもできるとかいうアレだ。

なら、覚めないうちに楽しまないと損だな。

ネット小説みたいに異世界で無双プレイとかやってみたいな。あとハーレムとか作って色んな女の子とリア充ライフも送りたい。

……自分の思い通りに夢を見るのってどうやるんだ？

強くイメージしてみても、真っ白空間のままなんだけど。精神となんとかの部屋かな？

《あの、すみません、よろしいですか？》

他に誰もいないはずの空間から、急に声が聞こえてきた。

声色からして、女性か？　声はすれども姿は見えず。

（い、いきなり話しかけられてビックリした。……どちら様？）

《すみません。……異世界無双とかハーレムなどと妄想していらっしゃるものですから、話しかけ

るタイミングが分からなかったので》
（え？　こ、声に出てましたか？　すみません）
うわ、めっちゃ恥ずい。死にたい。でもそれ男の夢だから。仕方ないから。
《……男性の方々は、皆そのような思考なのでしょうか》
え、あれ？　今のは声に出してないはずだぞ？　……まさか、思考を読まれている、とか？
《ええ、今、貴方(あなた)は肉体のない魂だけの状態ですから、声に出すのも思考するのも大差ありません》
（……タマシイ？　肉体のない状態？　え？）
《貴方の、最期の記憶を覚えていますか？》
最後？　いや、最期？　なんだその、まるで俺が既に死んでますみたいな言い方は。
そもそもココどこだよ。夢の中じゃないのかよ。……オレ、寝る前に何やってたんだっけ？
《焦らないで、少しずつ思い出してみてください。……残酷なようですが、現状を受け入れるのに必要なことです》
アッハイ。……えーと、確か今日は休日で、一人で海に釣りに行ってたんだったな。
バイトのシフトキツいし、別のバイト探そうかなぁでもメンドイなぁとか思ってボーっとしながら釣りをしていたら、ヒットしたはずみで足を滑らせて釣り場から海に落ちて、それから……。
……それから、どうしたんだっけ……？
《それから、貴方はそのまま溺死しました》
（え、いや、え？　は？　え？）

う、嘘だろ？　オレ、ちゃんとライフジャケット着けてたし、溺れるはずがないだろ⁉

《覚えていらっしゃらないのですか？　貴方が海へ転落するのとほぼ同時に、近くにいた釣り人が海へ落ちたのを見て、咄嗟に自らの身に着けていた救命胴衣を投げ渡したではありませんか》

そ、そうだった。『足が攣った、タスケテ！』とか聞こえたから、思わずジャケット脱いでぶん投げて渡して、でもオレも泳げないから、そのまま溺れたんだった！　アホだオレ！

い、いや、待て、待ってくれよ。その記憶も含めて夢なんだろ⁉

夢なら覚めてくれ。頬つねらなきゃ……って手も頬もないのにどうやってつねればいいんだよ。

《残念ですが、事実です。貴方は死にました。貴方のおかげでその釣り人は助かりましたが》

（……嘘だと言ってくれ。まだオレ童貞だったのに。女の子と手をつないだこともなかったんだぞ？　……いや、ガールフレンドどころか男の友達もほとんどいなかったけど）

《ご愁傷さまです。しかし、悪いことばかりではありませんよ？》

（ん？　なに？　天国行きにしてくれるとか？）

《……貴方にとっては、ある意味そうかもしれませんね。努力をすれば、先ほど呟いていた男の夢とかいうものを叶えることもできるかもしれませんよ？》

（そ、それって、もしかして）

《そう。貴方さえ良ければ、私の管理する世界、貴方の言う『異世界』に転生していただきたいのです》

（テンプレ乙ゲフンゲフン、…本当ですか⁉　異世界で俺ＴＵＥＥＥしたり美少女たちとキャッキャできたりするんですか⁉）

《てんぷれ？　……そうですね。最初から無敵というわけでも、貴方に惚れている女性がいるわけでもありませんが、最終的にそうなりやすいように調整することは可能です。……というより、美少女『たち』……？　想い人が複数人いることが前提なんですか……》

呆れ顔が想像できるような、低いトーンで声を漏らしている。……ちょっと欲望に正直すぎたか。

（あ、あの、『私の管理する世界』って言ってましたけど、あなたはその世界の神様なんですか？）

《概ね想像通りの存在と認識していただいて結構です。全知全能とまではいきませんが、できることの範囲は広いですよ》

（そうですか。……ところで、オレを転生させる理由はなんですか？　まさかあんまりにもアホみたいな死に方したのが可哀想だったからとかじゃないですよね？）

《……実は、転生する際に貴方に一つお願いがあります》

（あ、やっぱ条件があるんですね。世界を滅ぼそうとしてる魔王がいるからそいつを倒してほしいとかですか？　いやそんなベタな条件なわけがないか……）

《そ、そうです。……察しがよろしいですね》

（え？）

《え？》

……。

ベタ過ぎるだろ！　なんだそのテンプレオブテンプレな理由は！

冗談半分で言ったベッタベタな予想がまさかのビンゴ。何この気まずい空気。

（え、えーと……なんか、すみません。ホントに）

《い、いえ、お気になさらず……》
いらんこと言ったせいで、お互い変に気遣うような雰囲気に。超気まずい。……話を戻そう。
(その魔王、というのは神様の力でどうにかできる存在ではないのですか？　まさか神様より強力な存在だったりするのでしょうか)
《いいえ、私はあくまで世界を管理する存在であって、その世界に生きる者に直接干渉することは禁じられているのです。……より上位の存在によって、ね》
(怖い上司みたいな神様がいるんですか。神様にも、色々あるんですね……お疲れ様です)
《ええ、まあ、本当に……》
苦労を労おうと話題を振ったら、なんか余計に空気が重くなってきた。
……あんまりこの手の話題は口にしないほうが良さそうだ。
《と、とにかく、その魔王を放置しておくと、やがて世界に甚大な被害をもたらし、最悪、人類が滅亡する危険すらあるのです。そして、それを私が直接排除することができないので、貴方に討伐をお願いしたいのですが、いかがでしょうか？》
(え、えーと……。それじゃあ、転生する時に何か特典とかありますか？　流石に素のスペックのまま世界滅ぼすような魔王と戦えとか言われても、無理だと思うんですけど)
《もちろん。魔王を討伐するために専用の職業を用意してあります。ああ、職業をはじめとした、『ステータス』などについても説明いたしますね》
…なんか、こうして話してるとホントに異世界転生や転移のテンプレって感じだな。
胡散臭い感じはないけど、逆にこれといって個性的な展開でもない。ベタな展開だ。

若い身空で死んだのは残念だが、クソつまらんバイトに明け暮れる日々が続くよりいいか。

……親兄妹を残してきたことが、心残りだけど。

さて、それよりも神様からのお話を聞くとしますかね。

『ステータス』なんかついての説明をざっと聞いてみたが、概ねゲームなんかのイメージ通りっぽい。

魔獣を倒して経験値を取得して、基礎レベルが上がれば能力値、つまり身体能力なんかも上がっていくし、また本人の努力によっても徐々に鍛えることができるらしい。

次は『スキル』について。

スキルとはその人の扱える技能を表していて、MPを消費して必殺技みたいなものを使うこともできるようになる。

例えば【剣術】スキルなら取得しているだけで剣の扱いが上手くなるし、スキル技能を使えば威力の高い斬撃を繰り出したり、魔力の刃を作ってリーチを伸ばしたり、斬撃を飛ばすいわゆる真空切りみたいなこともできるんだとか。

スキルにはそれぞれレベルが設定されていて、スキルの熟練度が一定量貯まると、スキルのレベルが上がる。

剣術スキルなら剣を素振りするだけでも熟練度が上がるし、スキル技能を使っても上がる。また実戦で使用するとより熟練度を上げやすいんだとか。

ちなみに戦闘関連だけじゃなくて、料理や工業とかの生産系のスキルも存在するけど、基本的に戦闘職の人は生産系のスキルを獲得できないらしい。

一応、基礎レベルが50に達すれば戦闘職・生産職を問わず、自分の望むスキルを一つ取得できるらしいけど、魔王を討伐しなきゃならんのに生産系のスキルなんかとってる余裕あるのかね。

次は職業についてだが、これから向かう異世界では成人した時に持っているスキルを基に職業が決定されて、その職業にふさわしい職に就くのが当たり前らしい。

ちなみに成人年齢は十五歳。元服かな？

オレも異世界に転生される際には十五歳からスタートするらしい。ちょっとだけ若返るのか。

誰でも生まれる時に最低一つはスキルを取得して、基本的にそのスキルをもとに職業を決めるパターンがほとんどらしい。

まあ、生産系のスキルを持って生まれたけど戦闘職になりたいという人もいるし、あるいはその逆の例もあるみたいだが。

本人の努力次第で新しくスキルを取得することもできるから、成人前に死ぬ気で努力してスキルを取得することができれば、自分の望む職業になることも一応できる。

ただ、成人した際に戦闘系の職業を選んだ時点で、生産系のスキルは失われてしまうらしいが。逆も然(しか)り。

あと、基礎レベルとスキルレベルが一定に達した時点で条件を満たしていれば、より上位の職業にジョブチェンジ、要するに職業の進化ができるんだとか。

オレの職業は【勇者】らしい。

……オレが勇者ねぇ。笑える。ただのフリーターから勇者とか、なんの冗談なんだか。

勇者はあらゆる戦闘系のスキルを使いこなすことができて、さらにレベルアップの際の能力値の上昇率も、上級の職業以上に優れている、いわばチートらしい。

しかも、本来魔法を使う職業は杖以外の武器を使いこなせないが、勇者に限ってはその制限はないらしい。どんだけ優遇されてるんですかねぇ。嬉しいけど。

【勇者】の職業も例にもれずジョブチェンジが可能だが、他の職業に比べてかなり高レベルにならないとジョブチェンジできないらしい。

勇者のジョブチェンジにはレベル以外にもいくつか条件があるが、規則で教えられないらしい。

まあこういうのは自分で気づいたほうが面白いけど、世界の危機じゃないんですか？

ここまでのお話が、ステータス関連のおおまかな説明だ。

《……長々と説明いたしましたが、ここまでで何かご不明な点はありますか？》

（アッハイ、なんとか）

《では、ここからは『魔獣』や『魔族』といった脅威について説明させていただきます》

……まだあるの？　覚えきれるか心配になってきた……。

ちょっと内心気怠くなってきたけど、我慢だ。神様も一生懸命に話してくれてるし。

気を取り直して、話を進めよう。『魔獣』ってのは地球の動物に近いものが主で、危険な生物は大体これに分類されている。

魔獣によっては食肉や道具の素材がとれたりするので、決して邪悪な存在とは限らないらしいが。

問題は、魔王の支配下にある『魔族』だ。

魔族には人間並みの知能があって、人間と同じように言葉を話せるしスキルを使うこともできる。

外見も人間に近い者がほとんどらしい。

しかし、人類に対して極めて強い敵意を持っており、残酷な方法で街や人の住処(すみか)に対して破壊活動や虐殺を行うらしい。

……異世界モノの物語だと、実は魔族はいいやつでしたーって話も多いが、オレの行く異世界ではどうなんだろうな……？

《あと、勇者が魔王を討伐するまでに、仮に命を落としたとしても再召喚という形で再び蘇(よみがえ)ることになります。同行する仲間ができた場合、その方たちにも同様の効果があります》

（いわゆる死に戻りですか。遠く離れた場所から帰還したい時なんかに便利そうですねハハハ）

《表情が見えないのに、顔が引きつっているように感じますね……》

そりゃ引くわ。死んでもすぐ生き返るから大丈夫って言われても怖いもんは怖いし。

（自分のステータスを確認するには、どうしたらいいんですか？）

《こちらの世界に召喚された時点で、貴方のサポートのために【メニュー機能】が授けられます。地球から召喚された者のみが使える機能で、ステータスのチェックや情報検索をはじめとした様々な機能があります。レベルが上がるまで、使える機能には限りがありますが》

（ますますゲームじみていますね）

《他に質問は？》

（ええと、あと、オレの前にも地球からそちらの世界へ来たことがあるんですか？）

《はい。過去の勇者に日本出身の方が何人もいらっしゃいましたよ》

（あ、過去にも勇者がいたんですね。…ってことは、魔王も？）

《ええ。魔王は一定周期で生まれる、生物というよりも災害や災厄に近い存在なので、その度に勇

者を召喚して世界を救っていただいているのです》
（それで、今回はオレの番ってわけですか。過去の勇者って言ってましたけど、今の時点でオレ以外に誰かそちらの世界に地球から来た人っていないんですか）
《…………一人だけ、います》
二〜三秒ほど間をおいてから、回答が返ってきた。
え、なにその間は。
（その人は、先代の勇者ですか？　勇者ってまだ生きているんですか？　なら、オレを召喚する必要なんてないはずなのに、どういうことでしょうか）
《いえ、先代の勇者は既に天寿を全うしています。現在、こちらの世界にいる地球人は勇者ではなく、事故に近い形で転移した人なのです》
（事故？）
《……はい。気の毒なことにスキルを何一つ持つことができず、職業も得られず、初期ステータスの恩恵は全くない状態で、魔獣のテリトリーにその身一つで日本から放り込まれてしまった人がいるのです》
（う、うわぁ……。もう気の毒とかそんなレベルじゃないような……それで、その人はまだ生きているんですか？）
《はい。奇跡的に様々な偶然が重なった結果、彼は今も生きて普通に……普通……？　に生活していらっしゃいます。はい》
（え、なんですかその疑問符は⁉）

《いえ、色々と非常識なことをしていらっしゃるといいますか、下手したら魔王よりもこの人のほうが将来的に危険なような……すみません、これ以上は詳しくお話しできない事情がありまして。……決して悪人ではありませんし、むしろ困っている人々を助けたりしているようなので、会っても敵対したりはしないと思いますよ》
（その人、ステータスとか抜きで元々チート級にすごい人だったりするんですか？）
《いいえ、そういうわけでは……。すみません、この件についてはこれ以上はどうしても話せないのです。こちらにも事情がありまして……》
（そ、そうですか）
なんだかややこしい事情を抱えてる人みたいだな。同胞よ、いったい何をやらかした。
『悪人だから気を付けろ』って言われたほうがまだ逆に分かりやすくて安心できる気すらある。正直不気味なんですが。
《……さて、そろそろ時間ですが、他には？》
（じゃあ、最後に三つ。オレってどういったところに召喚されるんですか？　まさかその人みたいに魔獣の縄張りに落とされたりとかは……）
《いえ、王国によって管理されている召喚用の祭壇に送り届ける予定ですので、ご安心を》
（そうですか、良かった。……二つ目ですけど、オレなんかを勇者にして良かったんですか？　オレ、ただのフリーターで、なんの取り柄もないんですけど…）
剣道や空手の有段者とか、もっと言えば銃や弓の達人を召喚したほうが魔王の討伐にはずっと有利なはずだ。喧嘩すらまともにできないヒョロガリのオレを選ぶ理由はなんだ……？

《いいえ、だからこそ良いのですよ。なんの取り柄もない、と仰っていましたが、逆に言えば変に技術が偏っていない、ともとれるので、様々なスキルを使いこなす必要がある勇者には、それは短所ではなく長所なのです。それに……》

（……それに？）

《貴方は、自分よりも他人を思いやることができる人です。あの危機的状況で躊躇なく見ず知らずの人間を救い、また、これからの自分のことだけでなく、地球に残したご家族のことを案じている。十分に勇者にふさわしい人ですよ。むしろ、もう少しご自身を大事にすべきではありますが》

（そう、ですか……）

体があったら、多分涙を流して泣いていたかもしれない。

何もできない、何もしたくない、そんなどうしようもないオレのことを、認めてくれている。

生まれて初めて、人に認められた気がする。いや生まれるのはこれからなんだけど。

ベタとかテンプレとか割と失礼なこと考えておいて白々しいかもしれないけど、神様には、感謝しかない。

ありがとう。オレ、期待に沿えるように、絶対に魔王を倒します。

（……最後にもう一つ、よろしいですか？）

《ええ、どうぞ》

（正直、オレの容姿のままじゃ女の子にモテないと思うんですが、見た目をイケメンに変えたりとかはできないでしょうか）

《え？　ええと……可能ですが、容姿を変えたいのですか？》

（容姿っていうか、もう思い切って全身変えようかなと。あんなヒョロガリ陰キャじゃなくて、細マッチョで高身長なイケメンになりたいです）

《そ、そうですか……》

さっきまでの優しげな声から、少し呆れたような声色で呟く神様。

ゴメンナサイ。呆れる気持ちも分かるけど、オレにとっちゃ死活問題なんですよ。

（あ、でも自分でキャラクリしようにも、顔面や体型の調整とか苦手なんだよなぁ……）

《過去の勇者方は容姿のサンプルから選んでいましたが、お好みの容姿から選択しますか？》

（サンプル？ ……おおお、なにこれすごい）

真っ白な空間の中、急にズラっと何十、いや何百人ものイケメンの体が整列して出現した。

一体ごとに番号が付けられて管理されているようだ。

この中から選べってことか。これなら変にバランスの悪いキャラグラになったりもしないだろう。

……なんか、イケメンたちに混じってちょくちょく美少女の体が並んでいるのが気になるが。選ばねぇぞ。

色んな容姿のイケメン少年たちをしばらく眺めて選んでいたが、大体一〇〇体目くらいのところで『コレだ！』というような、完璧なイケメンフェイスを発見。

金髪碧眼(へきがん)細マッチョで、身長も一八〇センチメートルを超えてるくらい。

（コレ！ この体、ええと……『Ｍａｌｅ：１００』っていうのでお願いします！）

《その体の容姿でよろしいのですね？ では、転生先の体を構築いたしますので、少々お待ちください》

そう言うと、カチカチとキーボードやマウスのクリックに似た音が聞こえてきた。
《性別は男性、容姿は100番、職業は勇者、スキルは……》
あ、なんか打ちこみながら呟いてる。……まるでパソコン慣れしてない上司みたいだ。
《……よし。ふぅ、準備が整いました》
不器用なリズムのカチカチ音と神様の呟きが数分ばかり続いていたが、ようやく作業が終わったらしい。お疲れ様です。
《では、これより貴方を転生させます。心の準備はよろしいですか？》
（はい。お手数をおかけしました）
《いえ……それでは、貴方の新たな人生に、幸多からんことを》
神様がそう告げると、真っ白だった空間に黄金色の光が満ちていく。
《地球にお別れを。そしてようこそ、こちらの世界【パラレシア】へ……　　　あっ》

●

視界を覆い尽くすほど眩い光が段々と薄れていき、何も見えなくなったと思ったら、ふと、自分の足が地に着いているのが分かった。

オレの体が、ある。当たり前のことなのに妙な安心感。

辺りを見回してみると、地面には魔法陣のような模様が描かれている。

どっかの遺跡か何かか？　周囲に誰もいないんですが……あ、いや、いたわ。

数メートルほど離れたところに、驚いたような顔でオレを見ている美少女がいた。

……なんだこの子、超可愛い。

肩幅が狭く華奢で、肩までの長さの艶やかな金のショートヘア、まんまるでパッチリした青い瞳。

……ざ、残念ながら胸はペッタンコだが、腰つきは悪くない。安産型だな、うん。

なんだかやけにボーイッシュな格好だが、半ズボンから見える生足もこれはこれで悪くない。

(体のごく一部を除いて)完璧。パーフェクトな容姿の金髪美少女がオレの目の前にいた。

アレか、この子もしかして、召喚された勇者のお迎えに来た王国の姫様とかかな?

って、ジロジロ見てないで挨拶しないと。ハロハロー、ワタシ、召喚された勇者デスヨー。

……あれ? なんかこの子、様子がおかしくないか?

さっきから話しかけても反応がない、っていうかこっちが話しかけるのと同時に口パクしてるけど、何も言ってない? っていうか、若返ったせいかオレの声もなんだか妙に高い気がする。

もう少し距離を詰めて話しかけようとすると、向こうも同じようにこちらに歩み寄ってくる。

まるでミラーコントのように、鏡映しの動きでオレに歩み寄ってくる。

目の前までその顔が近づいたところで、気づいた。気づいてしまった。

コレ、鏡だ。

目の前の美少女、鏡に映ったオレの姿だわコレ。

…………。

「な、な、なんでだよぉぉおおおっ!?」

オレの喉から、自分のものとは思えないほど可愛らしい声の絶叫が放たれ、辺りに響いた。

おおぉぉおおおいぃぃぃい!!　どういうことだよ！　オレ、なんで女の子になってんだよ!!

おかしいだろ！　ちゃんと転生前にキャラデザイン選んだだろ！

童貞卒業どころか、未使用のムスコとお別れしちまってるじゃねぇか!!　……って、あれ？

いや、ある。ちゃんとある。思わずズボンの中を確認してみたが、確かにある。

ど、どうやら性転換したわけじゃないようだ。良かった、マジ焦った……いや、やっぱ良くねぇ！

性別が変わってないのはいいとして、外見が美少女なことには変わりねぇじゃねぇか！

神様！　どういうことですか！　ちょっと!?　聞いてた話と違うんですけど!!

《はいはい、落ち着いてください。深呼吸深呼吸》

……え、なんだこれ。

目の前にRPGのステータス画面みたいな、文字の書かれた青い画面が表示されている。

書かれている文字が消えたかと思ったら、また新たな文字が打ち込まれていく。

《初めまして。この青い画面を通して、今後あなたのサポートをさせていただく【メニュー機能】です。どうぞよろしく》

アッハイ、よろしくお願いします……じゃなくて！

それはいいけど、なんでオレの容姿が事前に決めたのと全然違うもんになってんのか教えてくれない!?　どういうことやねん！

《えーと、非っ常に申し上げにくいのですが……どうやら神様が容姿の設定をミスったみたいですねー》

は……？　ミスったって、何を？

《容姿の項目を『Ｍａｌｅ：１００』にしたつもりが『Ｆｅｍａｌｅ：１００』を選択してたっぽいです。うっかりミスですねー》

ふざけんな！　あのイケメン容姿なら全然文句なかったんだぞ！　やり直しを要求する！

《あー……もう魂がその肉体に合うように調整されてしまっているので、無理ですねー……》

う、嘘だろ、頼むから嘘だと言ってくれ……!!

全身の血の気が引いていく感覚と共に、深い絶望感が身を包んでいくのが感じられる。

溺死したことを告げられた時よりもショックを受けているのが自分でも分かる。

く、くそぉ……！　こんな顔で、こんな体でどうやってハーレムを作れって言うんだよぉ……！

つーか、さっき自分を見て安産型とか思っちまったよ！　キモいわ！　吐きそうなんやが！

《え、えーと、い、今はまだお若いですから可愛らしい容姿ですけど、成長すればきっと男らしくカッコいいイケメンになれるかもしれませんよ。少なくとも不細工とはかけ離れた、整った顔立ちですし。あと、自分じゃなくて女性を見て安産型とか思うのも普通にキモいです》

……将来に期待するしかないか、はぁ……あと、なんかさりげなくひどいこと言ってない……？

転生早々ショックなトラブルはあったが、いつまでもウジウジしていても始まらない。

こうなったら鍛えまくって意地でも男らしくなってやる。

《その意気ですよ、どうか頑張ってくださいね》

おう、ありがとな。……ところで、アンタ『メニュー機能』って言ってたけど、普通に会話ができるっていうか、人格があるんだな。

《はい。デフォルトのメニュー機能は必要最低限の情報表示しかしませんし、ワタシのようにユーモアのある話し方もしませんが、いきなり話し相手のいない状況に寂しさを感じていた勇者も過去に何人かいたようなので、サービスで試験的に人造人格を搭載したらしいです》
そこまで周到な対応ができるなら容姿の項目でミスんなよ！　神様ドジっ子すぎるだろ！
《ま、まあまあ落ち着いて。ところで、異世界に転生したことですし、さっそく自分のステータスを確認してみませんか？》
ん、ステータス？　ああ、そういえばメニュー機能を使って確認できるとか言ってたな。
じゃあさっそく頼む。
《了解いたしましたー、ではステータスオープンッ！》

名前なし（入力してください）　Lv1　年齢：15
種族：人間　職業：勇者　状態：正常
【能力値】
HP（生命力）：150／150　MP（魔力）：80／80　SP（スタミナ）：70／70
筋力：120　攻撃力：120　防御力：115　素早さ：117　知能：119
器用さ：102　感知：100　抵抗値：98　幸運値：50
【スキル】
剣術Lv1　槍術Lv1　斧術Lv1　棍術Lv1　弓術Lv1　盾術Lv1　体術Lv1　投擲Lv1
拳法Lv1　隠密Lv1　攻撃魔法Lv1　補助魔法Lv1　回復魔法Lv1

……他、任意で表示

とりあえず、スキルの数が多いのは分かるんだが、能力値は強いほうなのか？

《大体、並の戦闘職基準だとLv10手前相当ですね。うわ、スキル多っ。ちょっとサービスしすぎじゃないですか神様。任意で表示って、他にもいっぱいありますねードン引きですよー》

…今の時点でもけっこう強いみたいだな。

レベルアップすれば、もっと強く、色んなスキルも使えるようになるだろう。

…やばい、なんか、かつてないほどワクワクしてきた。ニヤニヤが収まらん。

《うわ、なんかニヤニヤし始めました。怖いです。……いややっぱりあんまり怖くないですね。むしろ笑っている顔が可愛すぎて、こっちまでニヤけてきそうです》

やかましいわ！　せっかく容姿のこと忘れてワクワクしてたところに水を差すんじゃねぇ！

ん、ところで、名前が『無し』になっているんだが……？

《新たな命に転生したわけですから、当然新たな名前も必要なわけでして。どうします？　生前と同じ名前にしますか？》

生前と同じ名前ったって、この顔で『大石（おおいし）　忍（しのぶ）』とか名乗ってもミスマッチすぎて違和感あるだろ。無難に横文字の名前にしとくよ。

そうだなぁ。新しい人生、いや、夢を叶えるための、本当の人生だから……。

「名前は、『ネオライフ』に決定だ」

《安直ですねー。略したら『ネオラ』ちゃんですか。なんか容姿のせいか女の子みたいな響きに聞こえますねー……あいたたた!? ち、ちょっと! 画面を引っ張らないでくださいよ! というか、この画面触れるんですか!?》

ああもうこいつ今すぐ叩き割りてぇ! くそったれ!

新たな人生を精一杯生きてやろうって意気込みが台無しだよ!

●

無事に、送り届けることができたようですね。

……いえ、容姿の項目を誤ってしまいましたから、無事とは言えませんか……。

本当に申し訳ない。せめて異性の人間からも魅力的に感じられる効果のある『隠し称号』を授けておきましょう。これでまともに異性同士で恋愛をすることができるようになるはずです。

メニューの人格と何やら揉めているようですが、搭載するのは余計だったのでしょうか…? ま、まあ、寂しい想いはせずに済むでしょう、うん。

……しかし、我ながらひどいマッチポンプですね。

魔王も、勇者も、世界を維持するために必要な存在という意味では同じだというのに。

真実を知れば、きっと私のことを見損なうのでしょうね……。

《いい顔だ。人々を想い、心を痛めながらも冷徹に管理をする、その顔がたまらなく好きだよ》

不意に、声がした方を向くと、小さな少年のような人影が見えた。

……『アース』。地球担当の、神。

《いや、面白い。実に面白い。普段はクソ真面目で仕事のミスなんかほとんどしないのに、肝心要の場面に限ってやらかすところがたまらなく愛おしい。まるで人間そのものじゃないか》

《……わざわざ嫌味を言いに訪れたのですか。リソースの供給には感謝していますが、そのような悪趣味な嗜好はいかがなものかと思いますよ》

《誤解しないでくれよ。皮肉でも嫌味でもなく、まるで我が子たちのように君のことが愛しいんだ。いや、容姿のほうは普通の美人に過ぎないから欠片も興味ないけどね》

《私も貴方の容姿は魅力的だと思いますよ。中身はとても理解しがたくおぞましいものですが》

地球の神は、世界のバランスをとることを放棄した変人、いや変神と呼ぶべきでしょうか。

彼の管理している星『地球』では『リソース』、すなわち『可能性のエネルギー』は他の世界の比ではないほど膨大にあるというのに、肝心の物理的な資源や食料の枯渇はもう目の前に迫っています。

しかし、それでも手を打つ気はないらしい。

といっても、決して人々に無関心というわけではなく、むしろその逆。おぞましいほどの愛を彼は人々に向けている。

毎日、七〇億人を超える人々の人生を一つ一つ、国境貴賤老若男女問わず観察している。

悪人も中庸も善人も天才も凡才も非才も、彼にとっては愛すべき子であると、誰一人見逃すことなく観察して、笑い、泣き、悲しみ、和み、怒り、悦んでいる。

このままではいずれ必ず訪れる世界の滅びすら、人々のとった選択の果てに訪れた結末であるならば是とする、破綻した思想。

……リソースの提供がなければ、絶対に関わりたくない相手ですね。

でも、私にはそれが間違っているとも言い切れません。何せ、私も世界を維持するために魔王を使って、人口を減らすためだけに罪のない人々を殺しているのですから。

《じゃあ、彼のことは頼んだよ。僕の大切な愛し子なんだからね》

《承知しています。もう、これ以上のミスは起こしません》

《あっはっは！　ミス、そう、ミス、ねぇ。もしかして容姿の番号を間違えたことを言ってるのかな？　あはははは！　あんなのは凡ミスだし、そこまで気にすることでもないでしょ。それよりも、もっと視野を広く持ったほうがいいよ。僕の子『たち』の可能性は無限大なんだからさ！》

《……もう一人の、転移者の男性への警戒を怠るな、と言いたいのですか？　言われずとも、監視はしていますよ》

《あっそ、まあいいや。ここまでヒントを出したんだから、後は自分で気づくことだね。いや、やっぱ気づかないほうがいいな。面白すぎるよ、君のミスは。あはははは！》

一頻り大笑いをすると、地球の神は上機嫌のまま帰っていきました。

私の過ちを嗤い、いえ、悪意なく笑っている様にひどく苛立ちを覚えます。

そのせいか、この時点では彼の出したヒントと警告に、私は気づくことができませんでした。

もっと致命的な、取り返しのつかないミスを見落としているということに気が付いたのは、全てが手遅れになりつつある頃でした。

目が覚めると、少し懐かしくも感じる、知っている天井。

あー、この天井を見るとダイジェルの宿に戻ってきたんだなぁと実感するわー。

おはようございます。顔洗ってから朝飯作るか。

キッチンで朝食のハムエッグを焼いていると、目を擦（こす）りながらアルマが入ってきた。

「おはよう。……なんだか眠そうだな」

「おはよう……あれから月が気になってよく眠れなかった……」

「二つの満月のことか？　魔王誕生と勇者の召喚の合図って話だけど……勇者はともかく、魔王ってそんなにヤバい存在なのか？」

「あくまで記録の話だけど、魔王が誕生して勇者に倒されるまでに何百万人もの人が魔王や魔族のせいで死んだこともあるって」

「何百万……？　規模がデカすぎて、逆に現実味がないな……」

「でも、実際に大破壊の跡とかが残っているのをお母さんやお父さんと一緒に見たことがある。直径一キロぐらいのクレーターとか、建物が全部廃墟になってる大都市のなれの果てとか」

「うわぁ……今になってようやくヤバさが分かってきたわ」

「……だから昨晩、悠長すぎるって言ったの」

ちょっと不機嫌そうに言葉を返しながら、食堂のテーブルに座るアルマ。

……だってしょうがないやん。俺、この世界の人間じゃないし。

急に魔王とか言われてもパッと想像できないもん。

せいぜい、ＲＰＧのラスボスみたいなイメージしかできません。世界の半分プレゼント的な。

てか、あれだ。要は魔族っていうのは異世界版のテロリスト集団だと思えばいいのか？　あるいは誰彼構わずあらゆる国に戦争吹っ掛ける独裁国家とか。

……そう考えるとリアルにヤバさが実感できる気がしてきた。

ほとぼりが冷めるまで、どっかに避難したほうがいいのかな？

《魔王が誕生した時点で、全ての大陸に魔王関連の拠点が出現するため安住の地は実質皆無》

あ、逃げ場はないんですね。ふざけんな。

なんちゅーはた迷惑な。魔王さん人類に対する殺意強すぎない？

魔王の拠点って、あれか？　魔王の下の四天王的な幹部がいる城みたいな。

《概ねそのイメージで合っていると推測》

そうですか。できれば極力関わりたくないけど、それは魔族たち次第だしなぁ。

もしもいざ魔族と争うことになって負けてしまったら、多分容赦なく殺されるんだろうなぁ……。

そうならないためにも、地力をしっかりつけないとな。というわけでまずはメシだ。考えているうちにハムエッグが完成したし。味噌汁もそろそろいい具合だな。

腹が減っては戦はできぬ。ではいただきますかね。

パーティを組む前は個室でそれぞれ食べていたけど、いつの間にか最近は一緒のテーブルで食べるのが当たり前になっている。

そのほうが味の感想とか聞けるし、なぜか一人で食うよりずっと美味く感じるしな。うーむ、一人暮らししていた頃は一人飯が当たり前だったのになぁ。

朝食が終わってしばらくまったりしてから街へ出かけ、人々の様子を買い物がてら眺めていると時々住民の口から『魔王』やら『勇者』とかいうワードがちらほら聞こえてくる。

皆、やっぱり昨晩に見えた二つの満月のことが気になっているみたいだな。不安そうにしている人も少なくない。

俺とアルマも、基礎レベルアップはもちろんスキルのレベルアップに装備品の更新、魔力操作の訓練なんかをして対策をとっておくか。

魔王関連対策に力をつけておきたい今は、金銭面より戦闘力向上を優先するべきだろう。

美味しいもの食べたりしながら楽しく生きる、ということを目標に活動を続けているが、現状を考えると一見単純そうに見えて、思った以上に達成するのが難しい目標だなこりゃ。

主に魔王のせいで。おのれ魔王、いつか成敗されるがいい。勇者に。俺は無理。

そもそも、なんのために魔王は生み出されているんだろうか。

『世界の理（ことわり）』っていうシステムが魔王を生み出しているとなると、何かしらの意味があるはずだと思うんだが。

魔王と魔族は人類を滅ぼすために何度も大規模な破壊活動を行っているが、今日まで人類絶滅には至っていない。

それは魔王誕生と同時期に召喚された勇者がそれを防いできたことが原因なんだろうが、なんというか予定調和感がある。

まるで人類の人口を減らして勇者に倒されるまでが、魔王の使命のように感じられるんだが。

魔王が生まれるのは、人口爆発による資源の枯渇を防ぐためだったりするのかな。

なんて、なんの根拠もないただの妄想だけどな。我ながら真剣に考えてるのがアホくさいわ。

などと妄想に耽（ふけ）りながら歩いていると、後ろから猛スピードで走る馬車の音が耳に入ってきた。

おいおい、街中でそんなにスピード出すなよ、危ないだろ。

ん、馬車のスピードが段々遅くなって……いや、停車した。この辺りに用事があったのか？

馬車のドアが大きな音を立てながら乱暴に開かれ、中から派手な格好をしてる太った壮年の男性が出てきた。

うわお、なんつー成金仕様の服装。刺繍（ししゅう）やらアクセやら貴金属と宝石でゴテゴテですやん。

そんでもってそれを着ている男の態度が、横柄が服着て歩いてますといった風体の、下品で乱暴なものだった。

馬車の御者に運転が下手糞（へたくそ）だとか大声で喚（わめ）いて文句を言っている。そりゃ馬車は揺れるものだろ。

こっちの世界に揺れ防止の装置が取り付けられている馬車ってあるのかねぇ？

……鼻をほじるな、きたねぇなオイ。

ってうわ、なんかこっちに近づいてきてる。よし、目ぇ合わさないようにさっさと退散しよう。

「そこの黒髪の女ぁ！　お前がパラディンとやらか！」

うーわ、話しかけてきたよ。シット。

って、パラディン？　アルマのことか？　いったい、なんの用だ？

従者、護衛と思（おぼ）しき者たちとこちらに近づいてきた。

「毒味役！　鑑定しろ！」

「……失礼します。……ふむ、間違いないようです。こちらの女性は見習いではなく、正式なパラディンのようです。魔法剣というスキルも確認できました」

「おおお、そうか！　やはりワシのカンに狂いはなかったな！　ハハハ！」

なんか勝手に盛り上がってるけど、いきなり無許可で鑑定してきてなんなのこいつら。

あれか？　異世界モノでありがちな自己中で横暴で小物臭溢れるアホ貴族かなんかか？

ちょっとステータス確認。名前と職業とスキルを表示。


シュウダシュンシュー＝コーグップ　年齢：46　種族：人間　職業：詐欺師

【スキル】
言霊Lv7　催眠Lv5　書記Lv1

うわぁ。職業：詐欺師だって。しかも精神攻撃っぽいスキルまで持ってるよコイツ。

どう見ても関わっちゃいけないやつじゃないですかーヤダー。

「……ヒカル、この人、多分貴族だと思う」

「見りゃ分かる。しかも職業が詐欺師で、言霊と催眠ってスキルを持ってる。もしかしたら知らず知らずのうちに洗脳される可能性があるかもしれない」

デブ貴族が上機嫌で馬鹿笑いしているうちに、小声で注意を促しておく。

……メニューさん、俺とアルマになんらかの異常があった時には、すぐに知らせてくれ。

《了解》

「さて、小娘！　お前が少し前にこの街を襲ったスタンピードの際に魔法剣とやらを使い、低レベルながらウェアウルフを仕留めたことは分かっている！」

「はあ」

強気な口調でうるさく、アルマを指さしながら話す成金デブ。

それに対して無表情のままやる気なさげな相槌を打つアルマ。

「その魔法剣とやらの習得方法を教えるがいい！　そして、お前はワシに仕えるのだ！　そうすれば今後パラディンの職業を獲得する者が増え、その功績がワシのものに……！　お前もワシに仕えることができて光栄であろう？　なぁ？」

欲望まみれで吐き気がするような表情で舌なめずりしながらアルマに言葉を続けるデブ。

最後の『なぁ』の部分がエコーがかかっているように聞こえたけど、まさか。

《言霊スキルLv4技能【賛同強制】言葉を語りかけ、抵抗に失敗した者に対して賛同を強制させる技能。及び催眠スキルLv4技能【霧纏意識】自分の声を聞いた者の集中力を薄れさせる技能》

《梶川光流及びアルマティナに催眠スキルの影響が出始めている》

げ、マジか！

確かにちょっと眠気に近いモノを感じる。やばい、このままじゃ何をされるか分からんぞ。

……ってなんだ？　耳から何かが入り込んできてるような感覚が……!?

《催眠スキル技能【霧纏意識】の魔力が、耳を通して侵入中》

うわ、気持ち悪！　魔力操作で押し出して排出！　ペッペッ！

《梶川光流による催眠スキルの無効化を確認》

今、入り込んできた魔力が催眠スキルに使われている魔力か。粘っこくて気色悪い。オエッ。

「ぶふふ、小娘、よく見ればなかなか見た目は悪くないではないか。さっそく、今夜にでもじっくりと可愛がってやろうではないかぁ」

うわキモぉ！　なんだコイツ、ホントキモい！

《アルマティナの催眠スキル無効化、及び言霊スキル無効化を確認》

アルマも無効化したか。体内での魔力操作はお手の物だし、当然か。ペッしなさい。ペッ。

「……お断りします」

「……何？」

アルマが珍しく丁寧な口調で、しかしその声と視線はどこまでも冷ややかに、目の前のデブ貴族を拒絶していた。

「私は冒険者を辞めるつもりも、誰かに仕える気もありません」

「貴様……！　ワシの命令に歯向かうというのか！　ワシを誰だと思っておる！」

知らんわ、何様だ。あ、貴族様でしたか？　ヘースゴイデスネー。

っておい、手を振りかぶって何をするつもり――。

パンッ！　と乾いた音が響いた。

このデブ、アルマの顔に、平手打ち、しやがった。

大してダメージはなかったようだが、しかし張られた頬がわずかに赤くなっている。

「……気は、済まれましたか？」

「済むわけなかろう!!　このメスガキが！　名誉な待遇に礼も言わず、挙句ワシに仕えたくないだと!?　優しくしておれば図に乗りおって！　その無礼、その身をもって償わせてや――」

おい、テメェッ……!!

「くたばれこのクソデブがぁぁぁああっ!!!」

「グガビャッ！！？」

デブ貴族の顔を平手で思いっきりぶっ叩くと、大きな風船が割れたような派手な音が響いた。

汚い声を上げ折れた歯と鼻血を撒き散らし、デブの体がキリモミ回転しながら数メートルばかし吹っ飛んだ。

墜落した後にピクピクと動いているあたり、辛うじて生きてはいるが完全に気絶したようだ。

クズめ。今すぐ砕け散れゴミカスが。

「ひ、ヒカル！　駄目！　貴族相手に手を上げたりしたら、大変なことになる！」

アルマが慌てて俺を諫めようとしているが、既に護衛の二人が武器を構えてこちらを睨んでいた。

「あーあ、やっちまったなぁ、どうするよこれ」

「こいつがどうなろうがどうでもいいけど、立場上、危害加えたやつは殺しておかにゃならんでしょ」

「だな。つーわけでそこのアンちゃん、死んでくれや。おとなしくしてりゃサクッと殺してや――」

軽薄な口調で駄弁りながら武器を構えようとした護衛に向かって、地面スレスレの魔力飛行で急接近し、その勢いでまず片方の顔面を肘打ち。

「がぶぁっ!?」

「な!?　て、テメェッ!!」

剣士のほうが斬りかかってきたが、魔刃改を纏った手刀で受け止めた。

剣と魔力の刃が接した直後から、まるでグラインダーで鉄板を切るかのように火花を撒き散らしながら、徐々に剣身に切れ込みが入っていき、ついには切断した。

「な、す、素手で、剣を斬っただと⋯⋯!?」

⋯⋯あれ？　咄嗟に剣を介さずに生身で魔刃改を使って受け止めたけど、こんなに切れ味が鋭かったのか？　なにこれこわい。

ま、まあいいや。とりあえずお前も寝てろ。

呆然としながら折れた剣を眺めている護衛に向かって魔力飛行で突進し、陣中目がけて頭突き！

「ぺぶぁっ!?」

「あがぁっ!!」

あ、護衛を吹っ飛ばした先に毒味役がいたみたいで、ぶつかっちまった。

護衛と毒味役、全員気絶。合掌。

⋯⋯いや、暢気に手ぇ合わせてる場合じゃないだろ。やっちまった感がヤバい。

アルマがビンタされたところを見て、逆上してつい手が出てしまった。

⋯⋯まずい、あのクソ男爵が手を出す前にさっさと逃げれば良かった。

「あ、アルマ、ごめん！　つい、頭に血が上って⋯⋯」

「⋯⋯せっかく叩かれたのを我慢していたのに。貴族を敵に回すとろくでもない目に遭うから、できるだけ刺激しないようにしないと駄目。ちょっとしたトラブルが原因で、暗殺者を向けられることだってある」

「⋯⋯ごめん、責任は俺一人がとるから、アルマは安全なところへ――」

「それ以上言ったら本気で怒る」

食い気味に言葉を重ねてきた。

その顔は、これまで見たことないほどに怒っているのが分かる顔だ。コワイ。

「私たちはパーティを組んでいる仲間。行動の結果は常に連帯責任。私だけ逃げて助かるなんてことは許されないし、ヒカル一人が罰を受けて済む話でもない」

「う、うん……」

「だから、感情任せな行動は避けて。良かれと思ってした行動が、取り返しのつかないことにつながるかもしれないから」

……ぐうの音も出ない。やっぱダメだな、俺。

こっちの世界に来て、今まで割と上手くやってこれていたと思っていたのに、すぐ調子に乗ってこの有様だ。

彼女も自分を抑えてあのデブに対応していたってのに、俺がこんなんでどうするっていうんだ。

やっぱり、俺は、足手まといなのかな。

「……まあ、もしもヒカルが殴られていたなら、私もコイツを殴っていたと思うけど」

「おい」

思わず反射的にツッコミを入れてしまった。無表情でオチつけるのやめなさい。

「というか、あのままだったら何をされるか分からなかったし、気持ちとしてもすごくスッキリした。そこは、ありがとう」

気を遣われているのか、あるいは本心なのか。

それでも、少し嬉しそうな顔へと表情を変えながら、お礼を言ってきた。

……反省はするべきだが、後悔はしなくていいって言いたいのかな。

「……次からは気を付ける……のはいいとして、これからどうしようか。コイツらが起きたら、絶対面倒なことになるよな」

「うん。さっきの会話からして、手の届くところにいる限り、どこまでも纏わりついてくると思う」

疫病神みたいな野郎だなこのクソデブ男爵。某友情破壊スゴロクゲームみたいに誰かとすれ違ったら擦り付けられたりすれば楽なのに。いやアレは貧乏神だっけか。

「……ギルマスに事情を話して、ほとぼりが冷めるまで他の街に逃げるのはどうだろうか」

「それが無難だと思う。こんなのでも貴族だから、裁判沙汰になったら勝てそうにないし」

「なら、決まりだな。ごめんな、とんだ旅立ちになっちまった」

「もういい。それに、そろそろこの辺りの魔獣討伐の依頼だけじゃレベリングが難しくなってきていたし、考え方によっては丁度いい機会かもしれない」

ポジティブだな。確かに潮時かもしれないのは分かる。

過ぎたことをウジウジ言っってても仕方ない。

今日から出発したほうが良さそうかな。あのデブが起きたらすぐに俺たちを探そうとするだろうし。

すぐに出発できるように準備して、ギルマスに報告したらさっさと街を出よう。

「すみません、うっかり貴族を殴り飛ばしてしまったのでしばらく遠出することになりそうです」

「いきなり訪ねてきて何言ってんだお前は。……いや、マジで何言ってんだお前？」

うん、自分でも何言ってんだと思う。むしろこの説明で何が起こったか分かったら怖いわ。

あの後冒険者ギルドに直行し、ギルマスルームで面会してもらうように頼むと、忙しいだろうにすぐに会ってくれるように取り計らってくれた。

たかだかEランクの二人組パーティに対してこの対応。ギルマスって器でかいなー。

単にスタンピードが過ぎて仕事が減ったから暇なだけかもしれんが。

あ、鑑定師のフィルスダイムおじいちゃんもいる。割と頻繁にギルマスに用があるのかな。

「言っとくが、一ヶ月前に起こったスタンピードでの実績があるからこうして時間を作ってやってんだ。本来ならEランクのパーティが面会なんかそう気軽にできねぇんだぞ」

「無理を言ってすみません」

「とりあえず経緯を詳しく話せ。さっきの説明じゃ訳が分からん。……面倒なことになってそうなのは分かるが」

はい、その通りです。

感情任せに軽率な行動をすると、後からツケが回ってくるのは異世界でも変わらないようです。

事情を話すと、ギルマスが呆れたような顔をしながら深く溜息を吐いた。

「……呆れて言葉も出ねぇな」

「……すみません。我ながら軽率で短慮なことをしたと思っています」

「いや、確かに他にやりようはあったとは思うが違う。俺が呆れたと言っているのはその貴族、コーグップ男爵のほうだよ」

あのデブ貴族、男爵だったのか。男爵って、確か一番下の位だっけ？

「その男爵じゃが、私利私欲のために小犯罪まがいのことを何度もしでかしておるが、貴族の権力を盾に罪から逃れておる、どうしようもない小悪党だという噂なんじゃよ」

「しかも、やつの言葉を聞いた者は徐々にやつに従いたくなるスキルを持っているらしく、事件や捜査に関わった人間に嘘の情報を言わせたりしているとか。本人の同意なしに貴族を勝手に鑑定するのは法を犯すことになるから、未だになんのスキルと職業か分からんらしいが」

「私が見た限りでは職業は詐欺師で、言霊と催眠のスキルを……あっ」

やべ、つい口が滑った。

俺の失言を聞いたギルマスと鑑定師のじい様が、驚いたような怪訝そうな表情でこちらを睨んできた。怖い。

……そして何よりも、隣で俺の顔を見開いた目で見つめているアルマの視線が痛い。

「……ちょっと待て、お前、なんでスキルと職業が分かったんだ？」

「お主、スキルは持っておらんはずじゃが……ああ、なるほど」

……？　首を傾げていた鑑定師のじい様が、納得したように掌の上へ拳を落とした。

そのままの姿勢で、俺の顔を見ながら開かれた口から放たれた言葉に耳を疑った。

「異世界から召喚された勇者が使えるという、『メニュー機能』とやらの恩恵か」

「っ⁉」

え、バレてる⁉　ナンデ⁉　おじいちゃんナンデ⁉

待て待て待て、俺がメニュー機能を使えることを知っているのはアルマだけだし、異世界（地球）出身だってことは俺以外誰も知らないはずだぞ⁉

「ほっほほ。その顔、図星か。いや、我ながら突拍子もない予想じゃとは思っておったが、カマをかけてみるもんじゃな」

なっ……こ、このジジイ、謀りやがったな！　何わろてんねん！

「フィルス、どういうことだ？　さっきの一言だけで情報が渋滞してて訳が分からねぇんだが」

「ふむ、どっから話したもんかのぉ……」

詰め寄ってくるギルマスを愉快そうに眺めながら、顎髭（あごひげ）を撫（な）でつつ話す順序を悩んでいる。

これから何を言うつもりなのか、こちらとしては気が気じゃないんですがそれは。

「まずこやつ、カジカワの称号欄には隠された称号がある。鑑定Lv10の【世界の掲示】じゃなきゃ確認できない『隠し称号』なんぞ持ってるやつなんか儂（わし）ぁ初めて見たし、その称号の名が【異世界からの漂流者】と表示されているんじゃ」

「【世界の掲示】って、最高レベルのスキル技能なのに用途がよく分からんって、ずっと言ってたアレか？」

え、何それ知らん。隠された称号って何？

本人すら知らん情報を勝手に覗き見されていたという恐怖。軽くホラーやん。

「次に、門の外で警備をしておる衛兵から聞いた話じゃが、こやつは自分の出身地を『ニホン』と言っていたらしい。ニホンというのは歴代の勇者の故郷だと、勇者の遺（のこ）した手記やその写本に書かれていることがある。一般的にはあまり知られておらんようじゃがの」

「……私と初めて会った時も、『ニホンから来た』って言ってた」

あー、そういえばダイジェルに初めて入る際に衛兵さんに言ってたわ。後から聞いたのかな？

そしてサラッとアルマも追撃してきてる件について。

「さらに、こやつは物の価値や値段を鑑定や商売関係のスキルを使わず正確に見極めおった。今回の男爵のスキルと職業を見抜いたことからも分かるように、こやつはスキルとは違う能力によって対象の解析が可能だと分かるじゃろ。そんな力は、勇者の扱うという『メニュー機能』くらいしか儂は知らん」

これまでの言動や素行を基に、どんどん俺の正体が詰められていってる件について。

まるで推理マンガの犯人役にでもなった気分だ。なんも悪いことしてないのに。

「さて、改めて問おうか。カジカワよ、お主はこの世界の人間ではないな？」

「……はい」

嘘を見抜くマスタースキルを持つこのじい様の前では、誤魔化しや言い訳は通用しない。

じい様からの問いかけに肯定で答えると、ギルマスが目を見開きながらじい様に声をかけた。

「……おいおい、フィルス、もしかしてマジなのか？」

「そのようじゃ。いやはや、奇天烈（きてれつ）なヤツじゃとは思っておったが……」

異世界から来ました、なんて突拍子もない話なのに、それが本当のことだと確実に肯定できるじい様がいるから信じるしかないっていうね。

こうなったら開き直って洗いざらい話すとしよう。

……というか、デブ貴族を殴ったので逃げますって話からえらく脱線してるような気が……。

「これまで黙っていて申し訳ありません。下手に人に知れると、色々まずいことになると思って」

「いや、その判断は間違っていないから責める気はないが……メニュー機能ってやつが使える異世界人ってことは、お前、勇者だったのか？」

「いいえ。……私は向こうの世界、つまり地球での日常を送っていたある日、疲れていて仕事帰りに仮眠をとって、目が覚めたらこちらの異世界に飛ばされていました。能力値は全てゼロ、職業判定不能、スキルは一切なしでしたので、勇者ではないと思いますが」

「うむ、全て本当の話じゃな。勇者ならば職業欄に勇者と表示されるじゃろうし。……だとしたらお主は本当になんなんじゃろうなぁ……？」

「それから何があったら魔獣倒したり空飛んだりできるようになったんだか……魔力の直接操作だったか、あれのヤバさがお前の話を聞いているとよく分かる。そんな悲惨なステータスでも魔獣と戦えるようになるぐらいだしな」

「魔力操作を使う前から、ゴブリンを殴り倒したりしていたけど」

……アルマ、時々追い打ちをかけるのはわざとやっているのか？

「……もういい。これ以上そのことに対して考えてると頭がパンクしそうだ。お前が常識から外れた存在だってのは嫌というほど分かった」

「ま、詳しいことは後で話すとして、本題に戻るとするかのぉ」

あ、ようやく話の本筋に戻るんですね。

「お主らの今後についてじゃが、ひとまず手の届かないところまで避難しておくべきじゃろうな」

「正式に裁判でも起こされたら、面倒なことになりそうだ。そのデブ貴族が争いの原因とはいえ、戦闘職の人間が非戦闘職の人間を殴った事実がどう響くか分かったもんじゃないからな」

やっぱ手を上げたのはまずかったか。

でも、アルマを殴った相手に対して何もしないってのはありえん。微塵も後悔はしていない。

「手を出したのはその男爵が先じゃし、無理やりアルマティナを手籠めにしようとした。それらの供述が嘘でないのは儂が保証する。しかし万が一短絡的な手段、例えば暗殺者を雇ってお主らに差し向けたりする可能性もあるし、この騒動が収まるまで他の街にでも身を隠すといい」

「面倒な相手だが、スタンピードに比べればどうということはない。対応は任せておけ。……これで貸し借りなしだぞ？」

「……貸し借り？」

「そのスタンピードの借りのことだ。お前の功績は、お前が思っている以上に高かったということだよ。あの程度の報酬じゃチャラにできないくらいにな」

「そ、そうですか……すみませんギルドマスター。面倒をおかけします」

ううむ、報酬はたっぷりもらったし、十分すぎると思うんだがなぁ。

けど、この件で力を貸してくれるのは本当にありがたい。流石に権力者相手に力だけで立ち向かうのは無理だ。どっかの格闘漫画の地上最強の生物じゃあるまいし。

……いや、二人ばかしそんなことできそうな人たちを知ってはいるが。あのお二人は例外だから。

「分かったら荷物をまとめて早く行け。ここからなら街道を進んでいった先にケルナ村って村があって、さらに先に『ヴィンフィート』って商業都市がある。ちと遠いがデカい街だし、身を潜めるには丁度いいだろう」

「ケルナ村の先ですか。この前に依頼を受けたばかりですし、地図をその時にもらっていますので街の場所も分かると思います」

「ああ、イノシシ型の魔獣の群れを討伐したって報告があったな。なら問題なさそうだな」

「では、失礼します。…本当に、ありがとうございます」

「いいから行け、モタモタしていてその男爵に見つかると面倒だ」

やだかっこいい、ギルマスがイケメンに見える。めっちゃ頼りになるなこの人たち。

貸し借りなしとは言っていたが、ほとぼりが冷めた頃に改めてお礼をしないとな。

さて、そうと決まればさっさと街を出よう。

街を離れてから魔力飛行でアルマを抱えながら移動すれば、今日中に辿り着けるかな。……途中で魔力が尽きなければの話だが。では、失礼しました–。

〜〜〜〜〜ギルマス視点〜〜〜〜〜

カジカワとアルマティナを見送った後、深く溜息を吐いた。

溜息の分だけ幸せが逃げる、とは誰が言った言葉だったか。逆だ、面倒事のせいで幸せが遠のくから溜息が出るんだよ、まったく。

「……やれやれ、これまた面倒事を持ってきてくれたもんだ」

「だが、少し懐かしくもあるんじゃないかの？」

「全然だよ。あの二人の時も問題解決のためにどれだけ駆けずり回る羽目になったと思ってんだ。今回は相手が男爵だからまだマシだが」

「ほっほっほ、それにしてもカジカワの運の良さは凄まじいのぉ」

「あ？　豚男爵に絡まれるヤツのどこが運がいいって？」

「ほれ、これを見てみぃ」

フィルスが今日送られてきた書類のうちの一枚を手渡してきた。

いったいなんだってんだ？

というか、やたら立派な封筒に入れられていたみたいだがだが……え？　……マジかよ。

「……おい、また面倒事が増えてんじゃねぇか」

「お主の運を、カジカワが吸い取ってるんじゃないかの？」

「そうだとしても信じられそうだ、クソッタレが……」

その書類に書かれている内容を見て、思わず頭を抱えながら嘆いた。

最悪の気分のままどうしたもんかと顔を顰めていると、部屋の外から乱暴な足音が聞こえてきた。

「あ、あの！　まだ許可が下りていないのでもう少しお待ちくださーい！」

「うるさい！　どいつもこいつもワシをコケにしおって！　お前らよりワシの都合に合わせんか平民ごときが！」

……来たか。

さて、間に合うのは豚貴族とあの二人のどちらだろうか。

乱暴にドアを蹴って部屋に入ってきたのは、肥満体の体を揺らし悪趣味な成金丸出しの衣装を見せびらかしている、醜悪な豚を思わせる男だった。

内心ストレスから来る胃の痛みに悶えながら、招かれざる客を迎えることになった。

「おい！　貴様の管轄のギルドではいったいどんな指導をしているというのだ！　ここに登録されている冒険者にいきなり殴られたんだぞ！」

豚男爵ことシュウダシュンシュー＝コーグップが唾を撒き散らしながら怒鳴り散らしている。

その顔には手形の内出血を負っており、歯も何本か抜けている。

……あいつ、どんだけ強い力で殴ったんだか。いや死んでないだけまだ手加減したほうか？

声を上げてる男爵の後ろにはお付きの男と護衛が二人、苦い顔をしつつその様子を見ている。

「本人のほうから、こちらに自首して事情を聞かせてもらいましたが、彼らが言うには貴方に仕えるように一方的にアルマティナに詰め寄ってきて、断ろうとしたら怒りのままに顔を殴った挙句、彼女を手籠めにしようとしたと聞きましたが、事実ですかな？」

「ふざけるな！　手を出したのはあいつのほうだと言っているだろうが！　ワシは何もしとらん！」

「……嘘じゃな。お主は今、嘘の証言をした」

フィルスが豚男爵の言葉を聞き、その言葉が偽りであると判定した。

【真偽判定】。鑑定スキルを極めた者が獲得できるマスタースキルで、言ったことや書かれていることが真実か嘘かを見極めるスキルを持っている。

……こいつはある意味一番敵に回したくない相手だな。根掘り葉掘り聞かれたら隠し事が一切できないから、腹に一物抱えてる者にとって、これほど恐ろしい能力はないだろう。

その分、厄介なデメリットもあるようだが。

「なんだ貴様は！　いったいなんの根拠があってそんなことを！」

「嘘は通用せんぞ。儂は【鑑定師】じゃからのぉ」

【鑑定】スキルを10まで上げた【鑑定士】は、その職業を【鑑定師】へと変える。

基礎レベルを持たない生産職がジョブチェンジするということがどれほどの偉業か、分からない者はいないだろう。……いや、カジカワは異世界人だから分からんかもしれんが。

生産職がジョブチェンジをしたというだけで、その者は人間国宝並みの価値があると認識される。貴族と言えどもその人間の言葉を軽視することはできないはずだ。

「か、鑑定師だとぉ……！　な、ならば貴様の言葉が嘘ではない証拠がどこにあるというのだ！」

「それは儂を鑑定すればすぐに分かる。他人の嘘を見破れる代わりに、自分の嘘も鑑定履歴に残るから不便なものじゃ。そっちのお付きの男、儂を鑑定してみて嘘を吐いた形跡があるか？」

豚男爵の後ろに控えている男に向かって鑑定を促している。

自分が嘘を吐いていないとできない煽り方だな。

「い、いいえ……ありません」

「と、いうわけじゃ。………儂の前では、慎重に言葉を発するがいい。嘘と虚飾は己の立場を悪化させるだけじゃぞ」

「ぐっ……！」

怒りで顔を赤く染め、千切れそうなほどに血管を浮き上がらせて歯を食いしばる男爵。

このまま脳の血管が千切れて死んでくれねぇかな。それで全部楽に解決するんだが。

「ああ、だからと言ってスキルを使って儂らを洗脳しようとしても無駄じゃよ。状態異常防止用の装備を着けておるからな」

カジカワから情報を得て、既に手は打っておいた。……アイツも敵に回したくねぇな。

「な、なぜワシのスキルを……!?　ま、まさか貴族である儂を無許可で鑑定したのか！　それは重罪だぞ！」

「いいや、儂はお主を鑑定などしとらんよ？　ただスキルを使っても無駄だとカマをかけただけじゃ。それが嘘でないことは、そっちの毒味役に聞けば分かるじゃろう」

「う、嘘は吐いていないようです。このお方は男爵を鑑定しておりません」

「き、貴様！　いったいどちらの味方なのだ！」

鑑定スキルを持つ者にとって、鑑定師の職業がどれだけの価値があるのかよく分かるからだろうな。男爵の下についているからと言って、フィルスを貶め男爵に有利な虚言を吐くわけにはいかないようだ。

フィルスは飄々としているようで、しかし仕事に関しては誰よりもクソ真面目だ。六十年以上生きてきて、仕事関連のスキル以外に一切スキルを獲得しないほどに。

鑑定スキルは物や人を鑑定するごとに熟練度が上がりスキルレベルが上がっていくが、使うたびに若干の疲労を感じるらしい。

スキルレベルを一つ上げるだけで何千回、レベルが高くなれば何万回も鑑定しなければならない。常人なら一日数十回も使えば疲労で寝込むぐらいだとか。そう考えると気が遠くなるような年月をかけなければ鑑定師にはなれないだろう。

……そういえば、少し前に受付嬢のネイアが薬草鑑定の反動で休暇を頻繁にとっていた時期があったな。スタンピードの前日なんか一日中寝込んでたくらいだ。ちなみに原因は言わずもがなカジカワだった。……またお前か。

「もういい！　このギルドはワシを陥れようとしているロクでもない連中ばかりだ！　そんな連中に尻尾を振ってワシをないがしろにする毒味役！　貴様はクビだ！　ついでに冒険者の首一つとれん無能な護衛二人もクビだぁぁぁ!!」

「……畏まりました」

「俺らは別にかまわねぇよ。つーかあんなバケモンとやり合えってアンタ、無茶だろ」

「……素手で剣を斬るような野郎だぞ？　拳法家の上級職かなんかかアイツ？　あんなやつに殴られてよく生きてたもんだ」

毒味役と護衛二人はあっさりと自分の解雇通告を受諾した。

つーか素手で剣をって、カジカワお前マジで何やってんだ？　どうやったんだソレ。

……もう既に大分人間離れしてきてんなアイツ……。

「ギルドマスター！　貴様、このギルドを続けられると思うな！　ワシの権力をもってすれば、こんな組織の長ごとき、どうとでもできるのだからな！」

訴えてクビにでもすると脅しているつもりか？

バカが。こちとら辞めたくても辞められる立場じゃねぇんだよ。

「できませんよ。国王陛下から、魔王軍対策のために要請を受けている身ですので」

「なっ……!?　こ、国王陛下からだと……」

先ほどまでの勢いはどこへやら、まるで体が萎んでいくかのように竦み上がった。

「ええ、大魔導師ルナティアラ及び剣王デュークリス両名の協力のもと、魔王軍に対する戦力編成などを執り行うことになりましてな。ああ、ちなみにこれが件の書状です」

この豚男爵が怒鳴りこんでくるまで眺めていた、面倒事のタネの書類を見せつけると豚男爵の顔色が変わっていく。

「こ、これは、国王陛下の御璽……!?」

「ええ。ですのでその義務を果たすまでは陛下の許可なく勝手にギルドマスターを降りるわけにも、貴方の権力で降ろさせるわけにもいかないということです。ああ、そうそう……」

言葉を発しながら部屋の外を見ると、いつの間にか二人分の人影が佇んでいるのが見えた。

……残念だったな、豚男爵。間に合ったのは、あの二人のほうだったようだ。

「貴方が頬を殴った相手、アルマティィナは、先ほど名を挙げた両名の娘ですよ。丁度そこにいるの

で、確認してみてはいかがですかな？」

そう告げると、部屋の外で待機していたルナティアラとデュークリスが部屋の中に入ってきた。

この二人も陛下からの指示でここを訪ねてくるように言われていたらしい。

……やべぇ、二人の顔がまともに見れねぇ、怖すぎる。

言葉一つ発していないし、ただそこにいるだけなのに殺気と怒気が入り交じった凄まじい威圧感が二人から発せられている。

「あ……あ……!?」

「詳しいお話を」

「お聞かせ願えますかな、コーグップ男爵殿」

顔面蒼白で脂汗を噴き出して呻く男爵に向けて、二人が口を開く。

その声は穏やかで静かだったが、しかしとてつもなく重く部屋に響いた。

今だけは同情するよ、豚男爵。果たして生きて帰れるかな？

それから数十分後、二人に詰め寄られて意識不明に陥り担架で運ばれていく男爵の姿があった。

二人の威圧をもろに受け、過呼吸になって気絶し、さらに強い気迫を受けて覚醒するのを何度も繰り返し、精神が摩耗しきった結果だ。

……ありゃ確実にトラウマになるな。

手は一切出していないのに、カジカワから受けた傷なんかよりよっぽど効いただろう。

「あらあら、困ったわね。話していただけなのに急に倒れてしまって」

「日々の務めを頑張りすぎて、過労で倒れてしまったのではないかな。貴族というものは、平民にあるべき姿を見せるために努めるべきものだからね」

「……ご苦労だった」

　悪びれもせず和やかに言葉を交わす二人に声をかける。

　もう怒ってないよな？　大丈夫だよな？

「しかし、貴族を殴るとはヒカル君もなかなかやんちゃだな。まあ、アルマを殴った相手に何もせず退(ひ)いていたようであれば、アルマと共に歩むことを考え直してもらうところだったが、杞憂(きゆう)だったようだ。ふっ、若かりし頃を思い出すよ」

「私がどこかの侯爵に妾(めかけ)にしてやるって言われて攫われそうになった時に、デュークが本気で怒って大暴れしたことがあったわね。懐かしいわぁ」

「今回のように私たちがしゃしゃり出ずとも、権力に屈せず自分の意志を貫けるようになってほしいものだ」

　十年近く前のことをしみじみと懐かしげに語っている。俺としては事後処理とかで苦労した苦い思い出だが。

　ちなみに、その時はキレたデュークリスがそのボケ侯爵の屋敷で怒りのままに暴れ回り、さらに悪ノリしたルナティアラが上級魔法をぶっ放す大惨事になった。

　止めに入ろうにも、当時既に世界最強クラスだった二人を止められるはずもなく、どんどん被害が拡大していった挙句、国のほうが二人に頭を下げてどうにか事態が収まったという凄まじいエピソードがあったりする。

　このままじゃカジカワたちもこんな風になるんだろうか……。

頼むからこれ以上面倒をこっちに寄越さないでくれよ、胃がもたんから。本当に。

これでひとまずこの件については解決と見ていいだろう、やれやれ。

……ん？　こうなると、別にあの二人が避難する必要はなかったんじゃねぇか……？

ま、まあ見識を広げるために色んなところを見て歩くのもいい経験になるだろ、うん。

……あちこちでいらん騒動引き起こしそうな気もするが。

●

「ひ、ヒカルっ……！　もっとゆっくり……！」

「ダメだ。少しでも早くダイジェルから離れないと、あのデブ男爵に追いつかれるかもしれない。我慢してくれ」

「うう……速すぎて怖い……」

現在、アルマを抱えながら魔力飛行でお空の旅の真っ最中。

人が通るようなルートは避けて、なおかつ街道を見失わないように注意しながら飛んでいる。

遠回りになるが、それでも普通に徒歩で進むよりずっと速く、負担も少なく移動できるだろう。

問題はあまりの速度にアルマが怖がってベッタリ抱き着いてきているから、俺が悶死しそうなことくらいだ。……正直、ちょっと嬉しい気もするゲフンゲフンッ。

途中でイノシシ退治を受注していた村、ケルナ村が見えたがスルー。ホントは挨拶の一つでもしたいところだが、時間が惜しい。

魔力が残り少なくなってきた頃に、ようやく街の防壁のようなものが見えてきた。

徒歩なら軽く数日くらいかかるんじゃないかって距離だったが、魔力切れを起こす前に着いて良かった。

街の全体図はまだ見えないが、ダイジェルよりずっとデカい街だということは一目で分かる。

《商業都市【ヴィンフィート】この都市の周辺には優良な鉱山や、栄養価の高い野菜・果実がよく採れる森林地帯など、資源が豊富にあることからそれらの流通のために商人などの出入りが頻繁にある都市。王都に匹敵するほどの規模の街で、商売人の聖地の一つに挙げられている》

おお、そりゃいいな。

これまで見たことのない食材や資源や道具が売られているかもしれない。今から楽しみだ。

《ただし栄えている反面、スラム街など治安の悪い地区も存在する模様。また、暗殺者ギルドなど裏の組織の根城もあるため要注意》

なにそれこわい。ダイジェルってやっぱ治安が良かったんだなぁ……。

だが、今からビビっていても仕方がない。男は度胸、さっさと街へ向かおう。

少し街から離れたところで着陸し、街道に入り歩き始めた。

降りた時にアルマが心底安心したような顔をしつつ、こちらに文句を言いたげな顔をしていた。

……やっぱりもうちょっと加減して飛ぶべきだったかな。

「ちょっと乱暴に飛び回りすぎたのは悪かった。謝るからあんまり睨まないでくれ」

「睨んでるわけでも、怒ってるわけでもない。ただ、ちょっと話したいだけ」

「ん、どうかしたのか？」

「……ギルマスたちと話してる時に『違う世界から来た』って言っていたけど、どうしてずっと黙っていたの？」

あー……その話かー……。

「別に隠すつもりはなかった。ただ、どう話したらいいか分からなかったんだ。いきなり『実は異世界から来た人間です』なんて言われても、つまらん冗談か頭がおかしいやつだとしか思えないだろ？　でも、ずっと隠していたことには変わりないから、それに対して怒ってるなら、ごめん」

「怒ってるわけじゃない。事情を話しても信じてもらえないと思うのが普通だし、フィルスダイムさんに本当のことだって証明してもらっていなかったら、私も信じられなかったかもしれないから」

あの時、鑑定師のじい様が異世界出身うんぬんの話を出していなかったら、この先ずっと黙ったままでいたんだろうか。

そう考えると、早めにカミングアウトする機会を与えてくれたことに感謝するべきかな。

「そもそも、ヒカルの生まれが外国だろうと、異世界だろうと、私にとっては重要なことじゃない。大事なことは、ヒカルが私を助けてくれたから、私もヒカルの助けになりたいっていうことだから」

「いや、助けられたのは俺のほうだと思うんだけど……」

「それに、今さら変なところが一つや二つ増えたところで大して変わらない。元々変だし」

「言い方ひどくない!?」

「半分は冗談」

「いやソレ半分は本気やん！」

珍しくクスクスと笑いながら俺を翻弄（ほんろう）してきよる。恐ろしい子やでぇ……。

何が恐ろしいって、そんなおどけた様子も可愛くて全然憎たらしくないのが怖い。魔性。

なんて雑談しつつ、数十分ほど歩いてようやく街の門に到着。

入場前の確認のために順番待ちの列に並んでいるが、人の出入りが思ってた以上に激しいな。

入場するためには鑑定証明書を受付に確認してもらうのはダイジェルと一緒みたいだ。受付の数はこっちのほうが多いが。

つーか、待ち時間長いなー早く俺たちの番にならないかなー。……ん？

〈……きた、きた〉

〈……れいの、へんなのきた〉

〈……イヴランにしらせろ……〉

……？　なんか、小さな子供同士の会話みたいな声が聞こえた気がしたが、辺りに子供の姿なんかないな。

え、なんだ今の。幻聴か？　それにしちゃやけにはっきり聞こえたような……？

……まさか幽霊とかじゃないよな？　なにそれこわい。

「ヒカル、そろそろ私たちの番。準備して」

「え、あ、ああ」

おっと、いかんいかん。きっと今のは疲れからくる幻聴か白昼夢かなんかだろう。

断じて幽霊とかではない。ないったらない。ないと思いたい。

「はい、では次の方」

「どうぞ」

俺とアルマの鑑定証明書を手渡すと、受付の女性が少し困惑したような表情になった。

「ええと、一応確認しますがこれは正式なものですよね？　冗談で作った偽物とかではなくて」

「はい。ダイジェルのフィルスダイム鑑定師に写していただいたものですが」

「そちらのアルマティナさんは職業がパラディンとありますが、実在したのですね。驚きです」

まあ史上初のパラディンだし、珍しいわな。

「そちらのカジカワ様、は家名があるようですが、貴族の方ですか？　失礼ながらそうは見えませんが、爵位は？」

「私の故郷では平民でも姓があるのが普通なんですよ。貴族ではありません」

「そうですか、貴族ではないのに家名があるのはこの辺りでは珍しいですね。いえ、それよりも職業とスキルの項目がおかしいのですが、呪術スキルの類にでもかかっているのですか？」

呪術？　ステータスに変調をきたすスキルなんか存在するのか？　こわ。

「その表示で正しいです。恥ずかしながら生まれながらスキルを持っていない無能者の身でして」

「……そのような方は初めて見たのですが。まさかステータスを改竄していませんか？　街に入場する際にそのようなことをされると困るのですが」

すっごい胡散臭いって顔してるな。改竄なんかしてないのに。

こんなステータスじゃ疑うのも無理はないけどさ。

どうしよう、街に入る前に思わぬ関門が。ダイジェルでは比較的あっさり入れてくれたのに……。

このままじゃ俺、街に入れてもらえないかもしれない。下手したらアルマまで疑われかねない。

「おや、どうしたのかな？　何かトラブルかい？」

困っていると、受付の女性の後ろから幼げな女性の声が会話に割り込んできた。

……って、ちっさ。

声をかけてきたのは、オレンジ髪のツインテールで、十歳くらいの可愛らしい女の子だった。

ここのスタッフって子供も雇っているのか？　人手不足なのかね。

……あれ、耳が長くてとんがってるなこの子。見た感じ、作り物じゃなさそうだが。

こ、これはまさか……。

《対象は亜人種【エルフ】。長い耳は一般的なエルフの特徴の一つ》

マジっすか⁉　エルフがいるんだこの世界！

つーか、某なんとか島とかゲームや漫画のイメージまんまやん。……まさかそういったものを基にデザインされてたりしないよな、この世界……。

「ああ、お疲れ様ですマスター。こちらの方が街への入場を求めているのですが、鑑定用紙に写されているステータス情報がどう見ても異常で、改竄されている疑いがあるのですが」

「んー？　どれどれ…………へぇ、ヴェルガの言っていたことは本当だったのか。こりゃまた奇天烈なステータスだねぇハハハ」

マスターって、この子もしかしてお偉いさんなのか？

あれか？　エルフだから実は見た目よりずっと歳くってたりするのか？

いや、それよりヴェルガって誰だよ？　聞き覚えがない名前だ。

《……ダイジェルのギルドマスターの名前がヴェルガランドであると記録あり。恐らく愛称であると推測》

え？　……あ、そういえばそんな名前だったような、気がしなくもない。

いつもギルマスギルマス言ってるから本名忘れてたわ。

……色々世話になっておいて名前忘れるとか最低だな俺。お詫(わ)びに今度美味い酒でも差し入れに行こう。マジごめんなさい。

「いかがしましょうか。他の街でも同じようにステータスを誤魔化して入場している疑いがあるなら、衛兵に通報しましょうか？」

「いやいや、それには及ばないよ。ただちょっと確認したいことがあるから、この二人を応接室へ案内してあげて。あと、私が良いと言うまで中に誰も入れないように。いいね？」

「え、あ、はい？」

「二人を、応接室に、案内してね？」

「は、はいっ！」

　俺を不審者か犯罪者と決めつけたような口ぶりだったが、ツインテエルフ少女に指示を出され一瞬困惑したような声を上げた後、二度言われた直後にはすぐに案内のための段取りに入った。

　デカい街だと犯罪者が入る頻度も高いのかねぇ？　怖いなー。

　てか、確認したいことってなんだ？

「あ、あの」

「心配しなくていいよ、(ひこうし)君」

「！」

……ギルマスからどこまで聞いているんだ、この子。

豚貴族を殴った事件までは知らないと思うけど、わざわざ話すようなことなのかね。

あの人が信用している人なら一応は大丈夫だとは思うが、さて。

ひとまず、案内されるままに中に入りますかね。

●

「とりあえず座って。長くはならないけど、立ち話もなんだろう？」

ツインテエルフ少女に勧められ、席に座る俺とアルマ。

現在、門の受付の奥にある応接室に案内されたところです。

受付にいた女性は怪訝そうな顔で、というか俺に対しては警戒心バリバリといった表情で案内してくれた。あんなステータス見せられたら怪しいだろうけど、そんな露骨に敵意を見せんでも。

「さて、まずは自己紹介をしようか。初めまして、この街ヴィンフィートで冒険者ギルドのギルドマスターをしているイヴランミィと申します。今後ともよろしく」

……ギルドマスター？　こんなに幼いのに？

いや、エルフっていうからには、ファンタジーにありがちな長命設定だったりするのか？　もしかしたらこんな見た目でも俺より年上かもしれない。

「冒険者の梶川光流と申します。まだまだ駆け出しの未熟者ですが、よろしくお願いします」

「ヒカルとパーティを組んでいるアルマティナです。よろしくお願いします」

「うむうむ、二人とも礼儀正しくて好感持てるね。人間から見るとエルフは若く見えるから、初見だと子供扱いして舐めた態度とる子たちが多いんだよねー。こちとらヴェルガより年上だってのに」

ああ、やっぱ年上か……ってギルマスより？　マジで？

ギルマス、確か鑑定師のじい様と同い年くらいだったと思うけど、この人少なくとも六十超えてるのか？

となるとあれか、この人は俗にいうロリババアというやつか。……流石に本人の前でそんなこと言えんけど。

「あ、でも露骨に年寄り扱いするのもそれはそれでイラつくから、大人の女性くらいに思ってくれると嬉しいなぁ」

「そ、そうですか」

歳食ってると分かっていても、正直見た目は十歳前後の女の子にしか見えないんだよなぁ。へそ曲げられると面倒だからご希望通りに対応するけどさ。

年齢相応にスキルなんかも育ってたりするのかな。……勝手ながらちょっと確認してみるか。

イヴランミィ　Lv37　年齢：95　種族：エルフ　職業：魔導士　状態：正常
【能力値】
HP（生命力）：150／150　MP（魔力）：80／80　SP（スタミナ）：70／70

筋力：１８１　攻撃力：１８１　防御力：３８７　素早さ：３１２　知能：５１２
器用さ：３１７　感知：３２９　抵抗値：２９８　幸運値：９８
【スキル】
杖術Lv３　体術Lv８　精霊魔法Lv１０　中級精霊魔法Lv４　攻撃魔法Lv９　補助魔法Lv６

……アカン。軽い気持ちでステータスなんか見るんじゃなかった。

実年齢が九十五歳ってアンタ、もう若作りとかそういうレベルじゃない。

そして年齢に対してレベルが低い気がするんですが。俺たちよかよっぽど強いけど。

《エルフは人間に比べて寿命が長いが、基礎レベルやスキルレベルが上がりにくい種族。寿命は人間の五倍程度で、レベルアップに必要な経験値やスキル熟練度もおおよそ同じ程度必要》

寿命が長い分、成長もしにくいってことか。

それでもギルドマスターになれるくらいだし、この人のスペックは見た目やステータスよりずっと高いんだろうな。

「じゃあ自己紹介も済んだことだし本題に入るね、カジカワ君。いや『飛行士』君と呼んだ方がいいかな？」

やっぱ俺の正体を知ってるな、この人。

受付から案内される時も口パクで『ひこうし』君って言ってたし。

「……ダイジェルのギルドマスターからお聞きになったのですか？」

「うん。どうも私も含めて信用できる相手にだけは君のことをあらかじめ伝えてあるみたいなんだよねー。でないと、さっきの関所での受付みたいに他の街へ君が入る時に余計なトラブルが生じてしまう可能性があるからだろうね」

ギルマス、グッジョブ。マジ助かりました。

「スキルが一切使えない代わりに、魔力の直接操作っていうものを使うって聞いてたけど、やっぱそれがバレるとまずい感じ？」

「はい。スキルがなくとも空を飛んだり、魔法を使ったり、戦闘の際にも色々と応用が利く技術です。しかし、この技術が広まってしまうと、生産職の人間でも戦闘職の人間ほどでないにしろ、ある程度の戦闘能力を獲得してしまう恐れがあって、職業のバランスが崩れてしまったりする危険性があるので、なるべく秘密にしておきたいんです」

「なるほどねー。下手したら初級冒険者の仕事がなくなっちゃうかもしれないね」

「さらに、戦闘職の人間がこの技術を扱えるようになると、元々使用可能なスキル技能を強化することも可能になるので、それがどのような事態を引き起こすのか予測しかねますので」

「うわぁ……思ったよりずっとヤバそうじゃん魔力操作って。そっちのアルマティナちゃんも魔力操作を扱えるのかな？」

苦笑いを浮かべながらアルマの方を向く合法ロリエルフギルマス。

……長いし、もうロリマスでいいや。

「はい。一応、使えます。ヒカルほど細かい操作はできませんけど」

「それでもカジカワ君が教えれば使えるようにはなるんだね。これまでそんなことできる人なんか見たことも聞いたこともなかったのに。まあそもそもスキルがあればそんなことしようとする前に、スキルを鍛えるほうに夢中になるだろうし、当然か」

「でしょうね。私もスキルが最初から使えれば、こんなものを編み出さなかったと思います」

「そのおかげで空飛んだり色々できるようになったんだし、むしろスキルがなくて良かったことのほうが多いんじゃないの？　さっき言った問題があるから大っぴらにはまだ使えないだろうけどさ」

「そう、ですね」

「うん」

あの森でアルマに会えたのは、俺にスキルがなくて戦う能力がないと思い込んで必死で助けを求め、それにアルマが気づいて助けてくれたからだ。

情けない話だが、そう考えるとスキルがなかったのは決して不都合なことばかりじゃなかったと思う。

それに、魔法剣もどきなんかを教えたりしてるうちに本当の魔法剣をアルマが習得して、パラディンになれたしな。

もしも、今ならスキルありで最初からやり直せると言われたとしても、俺はスキルなしでアルマと出会うほうを選ぶだろう。

「おやおや〜？　もしかしてその技術がきっかけでお二人は深い仲になったとか？　いやーそんなつもりで言ったわけじゃなかったんだけどなーお熱いなー」

「ち、ちょっと、何言って……」

「うん。ヒカルには、魔力操作の指導はもちろん、色々と助けられた」

「いやいや、むしろ助けられたのは俺のほうだって。アルマがいなかったら俺、魔獣に食われてたかもしれないし。感謝するべきなのは俺のほうだよ」

「あーはいはい。煽った私が言うのもなんだけど、惚気るのはその辺で一旦ストップー。……はぁ、羨ましい……」

ノロケって、歳の差を考えてほしいんですが。一回り近く年齢違うんやぞ。

……はたから聞いてるとノロケと思われるのも無理はないか。

なんか哀愁漂う雰囲気で溜息吐いてるけど、もしかして独り身なの？　いやその見た目ならまだ独身で当たり前だと思うんですが。

「……話を戻そうか。それで、その魔力操作を使って戦えるのはいいけど、万が一その技術の情報が洩れたらまずいんだよね。バレないように何か工夫はしてるの？」

「一応、アルマ以外の人がいるところではなるべく戦わないようにしていて、戦う場合でも極端に怪しまれるような戦い方はしないように心掛けているつもりです。空を飛ぶ必要がある際は、ダイジェルのマスターからいただいたステータス隠蔽効果のある仮面を身に着けるようにしています」

この街の近くまで移動する時も念のため着けていたが、ぶっちゃけあの仮面あんまり好きじゃないんだよなー……。

「ああ、そういえば飛行士って変な仮面着けてるって噂だったね。普段からは着けないの？」

「……アレを常時着けっぱなしというのは、正直ちょっと……」

目立たないようにするための装備なのに、普段使いすると滅茶苦茶目立つという。

「うん、まあ嫌だよねー。まあバレないようになんなりと工夫してるならいいよ。人前で極端に常軌を逸したことでもしない限り、万が一怪しまれても誤魔化しが利くだろうし」

　このクソださい仮面が、俺の生命線だという地獄。

　ギルマスに感謝している反面、もうちょっとマシな装備はなかったのかと問い詰めたい。

「さて、あんまり話が長くなると怪しまれるし、そろそろ切り上げようか。最後にこの街の冒険者ギルドとおすすめの宿の場所、あと危険だから近づかないほうがいいところだけ教えておくよ」

「ありがとうございます。……ところで、イチ冒険者に過ぎない私たちになぜギルドマスターほどのお方がそこまでしてくださるのですか？」

「……君はもっと自分たちの異常さを自覚するべきだと思うよ。正直に言って、こうして案内をしているのも君たちの行動を把握しやすくするためでもあるんだし」

　あー、やっぱ親切心とかじゃなくて、単に変なとこ行ったりしてトラブルを起こさないようにするためだったのか。

〈そうそう、こいつらこのまちにくるときもそらをとんでたし、ほっといたらなにするかわかんねーからしっかりみといたほうがいいぞ〉

〈とくにおとこのほうがやばい。なにこいつやばい。こわい〉

　……街の外でも聞いた子供の声が、また耳に入ってきた。

　なんか俺に対してえらく警戒心を抱いているような印象の内容だが……メニューさん、この声ってやっぱ疲れからくる幻聴だったりするの？

《否定。梶川光流が認識している声は、イヴランミィが精霊魔法にて使役している風の小精霊、『スモールシルフィ』のものであると推測》

……せ、精霊？　え、なにそれ。

《精霊は魔獣とも人類とも違う分類で、物質非物質の中間に位置する存在。属性ごとに対応した力を行使することが可能で、上級精霊には高位の存在として人類に崇められている者もいる》

んー、要はＲＰＧの召喚魔法とかで使役されてる召喚獣みたいな？　よく分からんな。

目には見えないけど、その精霊さんがお喋りしているのを聞きとれているってことか。……幽霊じゃなくて良かった……。

試しに頭の中に魔力を集中して、周囲の魔力を感知してみると、周囲に妙な魔力反応が飛び回っているのが分かった。これが精霊か。

〈……？　なんか、このおとこ、こっちみてる？〉

〈きのせいだろ。せいれいまほうがつかえないとみえるわけがないし、きこえるわけない〉

〈だよな。いや、こっちをちらちらみてるきがして、きもちわるくて……〉

「気持ち悪くて悪かったな」

〈……え？〉

「え？」

「……え、ち、ちょっと、カジカワ君？　もしかして、この子たちの声が聞こえてるの？」

こっちに遠慮なしで失礼なことばっか言っている精霊たちについ言い返すと、精霊たちが動きを止め、アルマが怪訝そうに首を傾げ、ロリマスが目を見開いてこちらに問いかけてきた。

「え？　……ええ、普通に聞こえますけど……」

「ふ、普通は契約して精霊魔法を獲得しないと、精霊の声は聞こえないはずなのに……やっぱ君、おかしいね、うん」

え、どういうこと？　普通は聞こえないもんなの？

《推測：メニュー機能の一つ、『言語翻訳機能』が精霊たちの言葉にも適用されている模様。本来ならばエルフあるいは精霊魔法習得者以外に精霊の声は聞こえない》

ってことは、アルマには聞こえないわけか。そりゃ首傾げるわな。

「……二人とも、さっきから何を言っているの？」

自分だけ精霊の声が聞こえないことに疎外感でも覚えたのか、困惑と不快感が交じったような声を漏らすアルマ。いや、仲間外れにするつもりは……。

そういえばメニューさん、精霊魔法が使えれば精霊の声って聞こえるようになるみたいだけど、習得する方法は？

《魔法使い系列の上級職以上へのジョブチェンジ、あるいは精霊との契約》

ふーん、前者はまだ無理だとして、後者は精霊と契約できれば今からでも精霊魔法が扱えるようになるってことでいいのか？

《肯定。アルマティナは魔法使いの特性を含んだ『パラディン』であるため契約が可能。ただし、梶川光流はスキルの習得そのものが不可能》

ふむふむ、なるほど。なーるほどね。へー。

いい機会だし、精霊さんたちとちょーっとお話してみますかね。

ちょっとした『お話』を済ませた後、ロリマスに案内された宿に到着。

デカいな、ダイジェルの木賃宿よりさらにでかい。この規模だと数百人単位の客を泊めることができるんじゃないか。

チリンチリンと呼び鈴を鳴らしながら宿に入ると、フロントには一般の客に混じって冒険者らしき客もちらほら見える。

ロリマスが勧めるだけあって、冒険者の客も多いみたいだな。ガラの悪そうな客も少ないみたいだし、居心地は良さそうだ。

さっそくチェックインしますか。え、一泊一人頭二〇〇〇エンですか？ ……こりゃ気合入れて稼がないとすぐに金欠になりそうだな。

ん？ 二人一部屋なら三〇〇〇エンで済むからお得？ 却下。……どうして宿の受付は二人一部屋を推奨したがるのか。

その後、晩ご飯を作るためにキッチンへ移動。

他に利用しているお客も多いが、キッチンの数もその分多いから空きはあるな。

今日はケルナ村で討伐したイノシシ魔獣、ラッシュボアとその上位種ジェットボアの肉団子鍋にしよう。食べ比べてみたり、合い挽きにしても面白そうだ。

じゃ、ちゃっちゃと作りますかね。

ラッシュボアとジェットボアの肉をそれぞれみじん切りにした後、すり鉢でミンチ状態にする。

ラッシュボアの肉はともかく、ジェットボアの肉はミンチにするのに少し苦労した。結構噛み応えがありそうだなこりゃ。

一部の肉を混ぜて合い挽きにして、さらにそれぞれの肉にみじん切りにした玉ねぎと塩、胡椒、つなぎに卵を加えて混ぜる。

出来上がった三種類の肉タネを丸めて一口サイズの団子状にして肉団子完成。

お次は昆布モドキと水を入れておいた鍋を火にかけて、出汁がある程度出たら昆布モドキを取り除き、刻んだキャベツや長ネギに似た野菜を投入。

野菜が少し軟らかくなってきたら肉団子を入れてしばらく煮込み、灰汁(あく)が出てきたら取り除き、味噌(こっちの世界でも名前がミソだった。これ最初に作ったやつ絶対日本人だ)、みりんモドキ、酒を入れてさらに煮込んで出来上がり。

イノシシ肉団子入り味噌鍋の出来上がりである。

鍋物はやっぱ簡単にできるから楽だわー。野菜もたっぷり摂(と)れて栄養価もいいし。

鍋敷きをアルマがスタンバイしているテーブルに敷いて、鍋を移動。

「できたよー。肉団子はこっちがラッシュボアで、こっちがジェットボア、これがその合い挽き」

「わざわざ分けて入れたの？」

「ああ。食べ比べてみるのも面白そうだと思ってね」

「ん、今日はアロライスはないの？」

「それは後のお楽しみだ。まずは鍋の具をいただこうか」

「？　分かった」

じゃ、さっそく実食しますか。

「お椀に分けないの？」

「ああ。食べる時に自分の好きな分だけお椀にとって食べていくんだ。こういうのもなかなか乙なもんだよ」

同じ釜の飯ならぬ同じ鍋の飯だな。いや別に距離を縮めたくてやったわけじゃないけど。

「んー、ラッシュボアの肉はかなり軟らかいな。豚肉と大差ないくらいだ」

「んぐんぐ…ジェットボアは、ちょっと硬いけど食べ応えがあるし、お肉の味がラッシュボアより強くて美味しい」

「お、合い挽きにするとラッシュボアの軟らかさにジェットボアの肉が程よいアクセントになってるな。これなら全部合い挽きにしてもいいくらいだったなー」

「でも、それぞれ食感が違うから食べてて楽しい」

フォローしてくれるアルマの優しさがありがたい。ますます食が進むわー。

野菜のほうも味がよく染みてて美味いな。ケルナ村で分けてもらった野菜だが、野菜そのものの甘みが強くて味噌によく合う。

肉団子も混ぜこんだ胡椒のおかげで臭みはほとんど感じないな。そうだ、胡椒入ってるなら、アレを加えてもいいんじゃね？

キッチンに移動し、アイテム画面から村でもらった柚子によく似た柑橘系の果実（リンカというらしい）を取り出し、皮を剥いて細かく刻んで薬味にする。

柚子なら灰汁抜きするところだが、コレは灰汁抜き不要らしい。ほとんど柚子の上位互換だな。

「アルマ、肉団子を食べる時にこれも一緒に食べてみると合うかもよ。まあお好みに任せるけど」

「何それ？」

「リンカの皮を刻んだヤツ。単品だと俺もあんまり好きじゃないけど、胡椒の入った肉団子にはよく合うんじゃないかと思ってな」

「果物と一緒に、お肉を？……まるで高級レストランの料理みたい」

「いやそんな上等なもんでもないけどな」

確かにテレビなんかで高級レストランのメニューに果物を使ったソースを肉にかけた料理なんかを見たことあるけど、アレってどんな味がするのかな？　美味いの？

さて、思い付きだが試してみるか。柚子胡椒って胡椒じゃなくて唐辛子が使われているらしいが、本当の胡椒は柚子に合うのかな。では、パクリ。……おおっ。

「……なんで合うんだろうな。果物と香辛料って、肉と一緒に食べるとこんなに合うのか」

「美味しい……！」

リンカの独特の風味が胡椒の香りと肉の旨味に絶妙にマッチしている。これがマリアージュというものか。

食欲が増してハイペースで一気に食べ続けて、あっという間に鍋の中は汁だけになってしまった。

「さて、具は全部食べちまったけど、まだ物足りないかな？」

「……正直、もうちょっと食べたい」

「そうか、じゃあちょっと待っててくれ」

そう言って鍋をキッチンのコンロに戻し、再点火。

そこに水洗いしたアロライスを投入。炊いたご飯を水洗いっておかしい気がするかもしれないが、こうすると粘り気がとれてサラサラした食感になるらしい。

　火がよく通ったら仕上げに溶き卵をかけて、味噌玉子雑炊完成。

「さて、シメはやっぱ雑炊だよな。麺を入れても美味いけどな」

「ぞうすい？　お粥なの？」

「うん。肉や野菜の旨味がスープによく溶けてるから、お粥より食べ応えがあると思う」

「へぇ……」

　実際食ってみるとその通りで、米を食っているのに肉や野菜の味が同時に口の中に広がっていく。玉子の味も加わってさらに美味い。我ながらよくできたと思う。

　アルマも美味しそうに頬張りながら食べ続け、米一粒残さず完食してしまった。

「ご馳走様」

「おそまつさま」

　結構な量の飯を食ったが、腹具合にまだ余裕があるのが恐ろしい。

　……っていうか、ここ数年ほど太るのが怖くて、腹八分目くらいしか食べた覚えがないな。

　腹いっぱいになるまで食べようにも、経済的な問題とかもあるし。

　食器や鍋を片付けてると、気のせいか周りの人がチラチラとこちらを見ているような……なんかまずいことしたのか俺？　身に覚えがないんだけど。

　まあいいや、特に文句があるわけでもなさそうだし、さっさと片付けよう。

　今晩はケルナ村の食材が主だったが、この街の食材ではどんな料理が作れるのか楽しみだ。

　さて、今日はもう寝るだけだ。明日はまず街の様子を見て回ってからギルドに行ってみるとするか。この街のギルドはダイジェルに比べてどんな感じかな。

●

はい、おはようございます。

新たな街、ヴィンフィートに着いて初めての朝、起きたら知らない天井でちょっと混乱した。知らない天井だ、とか言えるようになる気がしないなこりゃ。

キッチンに行くと他のお客が朝食を作って食べている姿がちらほら見える。やっぱ人が多い街だと賑やかだな。

朝食を作って食べている間にも、やっぱ視線を感じる気がする。なに？　なんなの？　こんなオッサン予備軍が一回り近く年下の女の子と飯を食っているのがそんなに気になるの？

……俺って、はたから見てるとどんな風に見えてるんだろうか。不審者か、ヒモか。…どっちにしろロクなもんじゃないな。

朝食を摂って食休みした後、街の様子を見ながら散歩することに。

どこもかしこも人と物に溢れていて、朝っぱらから随分と賑やかだな。流石首都に匹敵する規模の街だ。

ダイジェルも決して寂れた街じゃないが、この街と比べるとどうしても見劣りしてしまうな。あれはあれで静かで落ち着くが。

商業都市というだけあって、店で売っている物の品揃えも豊富だな。

香辛料なんかを売っている店もあって、なんとカレー粉まで売っていた。スパイスの配合、もしかして過去の勇者が再現して伝えたのかな。

即行で買おうと思ったが、一缶二〇〇グラムでなんと一〇〇〇〇エン。……ちょっと現状じゃ手が出ないな。もう少しお金に余裕ができたら買うとしよう。いつか、必ず。

市場を見てみると、ダイジェルじゃ滅多に見かけなかった新鮮な生の魚が売られていた。

なんでも港町が近く鮮度の高い魚を比較的楽に供給できるかららしい。おお、生簀もあるな。

ダイジェルじゃ干物か調理済みの物しか手に入らなかったし、食生活が豊かになるのはいいね。

そこらの屋台なんかでも鳥の串焼きやお菓子なんかを売っているな。

食べ歩きしてみたいが、朝食を食べたばかりだしまたの機会にしておこう。

……なんか、食い物ばっか見てる気がする。やっぱ俺の根底にあるのは食い気なのかね。

アルマも花より団子と言いたげに、女性もののアクセサリなんかより食べ物関係のほうに興味がいってるみたいだけど。年頃の娘がそれでいいのか。俺が言うのもなんだけど。

機会があったら服屋に寄ってみるのもいいかもしれないが、そろそろギルドに寄らないといけないし、また今度にしておこう。

冒険者ギルドに着き、中に入るとダイジェルのギルドをそのまま広くしたような内装だった。

ざっと一通り様子を見た後、受付に挨拶がてら魔獣討伐依頼の受注を申し込みに向かった。

この街の近くにある洞窟に魔獣のテリトリーがあるらしく、今後しばらくの間はそこでレベリングしながら生計を立てていく予定だ。

ダンジョンと違って討伐報酬も出るし、宿代くらいは楽に稼げるだろう。

受付にはちょっと目つきがキツめの二十歳くらいのお姉さんがいた。ダイジェルのネイアさんとは大分違った雰囲気の人だな。

「すみません、テリトリーでの魔獣討伐の依頼を受けたいのですが」

「いらっしゃいませ。まず、ランクの確認をしても？」

「はい、二人ともEランクです。ギルドカードの確認をどうぞ」

一か月前の時点では俺はGランクでアルマはFランクだったが、スタンピード討伐や魔獣討伐なんかの依頼をこなしているうちに二人ともEにまで上がっていた。

Eランクはようやくルーキーを卒業した、駆け出し冒険者くらいの認識らしい。

「確認いたしました。では、依頼用のカードをどうぞ」

「どうも。ところで、この洞窟に生息する魔獣のレベルは、どれくらいのものでしょうか」

「概ねLv10を超えており、Lv20以上の魔獣もよく見かけられるようです。奥地では稀にLv30を超える魔獣の目撃例があるのでご注意ください」

「分かりました、ありがとうございます」

パッと見た感じちょっとキツめの美人って感じだが、話してみた印象は普通に丁寧な対応をしてくれる親切な人だった。

今後しばらくお世話になるだろうし、コミュニケーションは丁寧にしておこう。

その後すぐにギルドから出て件の洞窟へ向かい、入り口まで到着。

『この先危険区域・魔獣洞窟ルカナニア　許可がない者は近寄らないこと』

と看板が立てられている。ここで間違いなさそうだな。

何も初日から魔獣のテリトリーに入らなくても、と思ったりもしたがこちらの事情なんか関係なしに魔王やその配下は攻めてくるだろうし、レベリングは早めにやっておくに越したことはない。それに宿代が日に二人で四〇〇〇エンかかるということは、月に一二〇〇〇〇エンも払う必要がある。

暢気にしてるとすぐ資金が尽きるだろうし、気合入れて魔獣を狩って討伐報酬を稼がないと。

「やっぱ薄暗いな。光る鉱石がそこらに露出してるから真っ暗ってわけじゃないけど、ダンジョンほど明るくないし気を付けて進もう」

「うん。それに屋外と違って狭いところもあるし、魔獣と戦う時は武器を振る時に壁に当たらないように注意が必要」

「だな。……魔獣が生息してるのはもう少し奥か」

魔獣の位置を把握するために、魔力を頭の中に集中し、周囲の魔力を感じとってみた。

……どうも魔力を含んだ鉱石なんかが豊富にあるらしく、魔獣との見分けがつきづらいな。

いや、動いている魔力反応がいくつかある。恐らくこれが魔獣の魔力だろう。

宙を飛んだり天井にぶら下がったりしてるのはコウモリ型の魔獣かな？　血を吸われたりして変な病気もらったりしないだろうか。やだなぁ。

地べたを這(は)いずってるようなのもいる……まさかナメクジか？　うえぇ、気持ち悪ぅ。

あとやたら強い反応がいくつかあるな。四足獣のようだが洞窟の中の四足獣ってことはクマとかオオカミかな？　怖いなー。

極めつけは最深部と思しき場所に、桁違いにデカい魔力反応が鎮座しておられますね。どうあがいても勝てそうにないやつだこれ。ドラゴンかなんかか？

何この洞窟。討伐っていう目的がなかったら絶対近寄りたくないんですけど。

「……今日は様子見程度に魔獣を狩って早めに帰るとしよう。この洞窟、結構ヤバそうだ」

「そう？」

「色んな意味でグルオーズより危険っぽい。コウモリとかナメクジみたいな反応が感じとれた」

「……それは、確かに危険そう」

顔を少し引きつらせて、警戒心をより強めた様子のアルマ。うん、気持ち悪いよね。

洞窟を進んでいくと、所々に魔力が籠（こも）った鉱石が露出している。

少しぼんやりと黄色に光っているが、これが魔石ってやつか？

《地属性の魔石。Cランク程度の品質で、このランクの場合下級の魔具などに用いられる》

Cランク？　魔石にもランクがあるのか。それってどれくらいの価値があるの？

《Cランクの魔石は拳大で五〇〇エン前後程度の価値》

ふむ、悪くはないがちとかさばりそうだな。まあアイテム画面が使えれば問題ないけど。

いくつか持って帰っておくか。

《魔石はランクが一つ上がるごとに値段がはね上がる。Sランクの魔石ならばビー玉程度の大きさでも一〇〇〇万エン以上の価値あり》

桁違いすぎてどんだけすごいのかすらよく分かりませんねそれ。

魔獣討伐のかたわら魔石採集もやっておけばいい金策になりそうだな。じゃんじゃん掘るぞー。

●

「……ヒカル、いつまで掘ってるつもり？」

「すみません調子に乗りすぎました」

ジト目でこちらを見ながら退屈そうにしているアルマ。

その視線に耐えかねて、情けない声で平謝りする俺。

いや、違うんすよ。ちょっと夢中になって魔石を掘りすぎただけなんすよ。どうしてこうなった。魔獣討伐そっちのけ
だったのは我ながら許されざる行為だったが。

その甲斐あって、拳大くらいのCランクの魔石が十個と、なんと野球ボールくらいの大きさがあるBランクの魔石も三個ほど手に入った。

Bランクの魔石は一つ八〇〇〇エンは堅いらしく、これだけで何日分もの宿代が賄える。それでもちょっと夢中になりすぎた感はあるが。

ちなみに埋まっている魔石を掘るのには、魔力操作で作ったドリルで掘り進むことで割とスムーズに掘り当てることができた。この技がなければBランクの魔石は手に入らなかっただろう。

……なんか戦闘以外の仕事のほうが魔力操作の応用が利くような……。

採取した魔石をアイテム画面へ放り込んだ後、洞窟のさらに奥に進み、魔力探知に反応がある方へ向かうと、魔獣の姿がいくつか確認できた。

地面を這いずりながら移動してる影があるが、あれはナメクジ……じゃ、ないな。

メニュー、ステータスを確認。

魔獣：ペブルスライム　Lv１４　状態：正常
【能力値】
ＨＰ（生命力）２７０／２７０　ＭＰ（魔力）：２１０／２１６
ＳＰ（スタミナ）：１１８／１４１　筋力：８９　攻撃力：８９　防御力：１６４　素早さ：９７
知能：１８１　器用さ：１２０　感知：１５０　抵抗値：１３７　幸運値：３１
【スキル】
魔獣Lv２　攻撃魔法Lv３　粘性獣Lv３

あれがスライムか、初めて見たな。
人の頭くらいの丸い核の周りに不定形の体。ＲＰＧのスライムのイメージに近い。
いや、某国民的ＲＰＧのものとは大分異なるが。アレ、大分デフォルメされてるしなー。
ペブルって、名前からいったいどんなやつかイメージできないけど、アレどういう魔獣なの？
《ペブルスライム：洞窟などに生息する魔獣で、通常小虫やコウモリ型の魔獣などを餌としている
スライムが地属性の魔石を取り込み吸収・進化した魔獣。体から強い酸性の液体を飛ばして攻撃し
てくる他、地属性の攻撃魔法も使用可能。弱点は体内のコア》
地属性のスライムか。攻撃魔法も厄介そうだけど、俺としては酸性の液体攻撃のほうが怖い。酸
汁ブシャーって冗談にもならんわ。
やっぱ遠距離攻撃が無難かな。なんか剣で斬ろうにも剣を溶かされそうだし、溶かされないにし

ろ腐食させられそうで嫌だ。

二体ばかしいるが、奇襲を仕掛ければなんとかいけそうかな。

「あのスライム、地属性で酸性の消化液とか攻撃魔法とか飛ばしてくるらしいから、遠距離から奇襲を仕掛けて安全に仕留めよう。体内のコアが弱点みたいだ」

「分かった」

メニューからの情報をアルマに伝えると、アルマが手を前に構え攻撃魔法を発動した。

派手な音と共に、眩い光がスライムたちに向かって放たれた。

あれは【スパークバレット】という、雷属性の初級魔法だ。

発動から着弾までのラグがほぼノータイムで、尖ったものや金属なんかの方に誘導されやすく命中精度はそんなに高くないが、その分威力が高く命中した相手に【麻痺（まひ）】の状態異常を付与することがあるらしい。

今回は外したけど、スライムの近くの地面に着弾したため、直接当たらなくても感電によるダメージが入っているな。

……この手の攻撃を相手が使ってきたらと思うとゾッとするな。

「外した……ごめん」

「問題ないよ。感電ダメージが入って、そのおかげか少し動きが鈍くなってる。今のうちに仕留めよう」

「……うん」

剣を握り、スライムに向かって構えた。

おいおい、接近戦で仕留める気か？　危なくない？

「はぁっ！」

アルマが剣を振るうと、剣から光る弾、いや斬撃が放たれて、動きの鈍ったスライムの体をコアごと真っ二つにした。

え、なんだ今の？

あれか、漫画なんかでよく見る真空切りってやつか⁉　カッコいいなオイ！

《剣術スキルLv4技能【魔刃・遠当て】。魔力の刃を飛ばし、遠距離の対象を攻撃するスキル。風属性の魔法と違い、可視で比較的回避されやすいが、威力は高い》

いいなー、俺も使いたいなー。でも俺がアレを再現しようにも、すぐに魔力が拡散しちまってあまり遠くまで飛ばせないんだよなー。

魔力をしこたま籠めればできなくはないが、費用対効果にかなり問題ありそうだしなぁ。

さて、アルマに任せてばっかじゃなくて、俺もやりますか。

地属性は効き目が薄いらしいから、投石じゃ駄目かな。

じゃあ氷でも投げてみるか？　アイテム画面に作り置きの氷がいくつかあるし、試してみるか。

アイテム画面から野球ボールくらいの氷を取り出し魔力装甲を纏わせて、投げる勢いに乗せて魔力操作で高速移動、そのまま射出！

高速で放たれた氷塊はスライムの体を容易く貫通し、そのまま通り抜けてしまった。

ちっ、命中はしたけどコアを外したか。

って、あれ？　貫通したスライムのステータスが赤くなっているけど、死んだのか？

《コアは無傷、しかし体を氷が貫通した衝撃でショック死した模様》
……ショック死って。割とデリケートな魔獣なのかこいつら。
コアの周りの半透明な体に粘性が失われ、サラサラと溶けてコアだけ綺麗に残ったな。
もしかしてコレも装備の素材とかになったりするの？
《破損したコアでも魔石の代替品などとして活用される。無傷のコアならばさらに性能と価値が上がり、またスキル付与の装備品の材料にも使える》
スキル付与の、装備品？　え、なにそれは。
《魔獣の素材によっては、その魔獣が取得していたスキルの一部を装備者が扱うことが可能になる装備を作成可能。あくまでスキル付与の装備を着用している間のみではあるが、戦術の幅を広げることが可能になる》
……このスライム、攻撃魔法Lv3のスキルを取得してたけど、もしかしてコイツのコアを使った装備品を装備すれば、攻撃魔法スキルを使えるようになったりするのか？
《肯定》
う、うおおお!?　マジでか！
こ、これで念願のスキルを使うことができるようになるのか！　外付けの装備品だけど！
《ただし、付与されるスキルレベルは装備品製作者の腕によっては劣化する場合があるため、高レベルの魔具製作技能を持つ者に依頼することを推奨》
要するに腕のいい職人さんに任せろってことか。……ん、まだなんかあるの？
《また、指輪自体に術式が付与されている生活魔法の指輪と異なり、スキルが付与された装備品は装備している対象にスキルを一時的に取得させる仕組みのため、スキルが取得不可の梶川光流はスキル付与の装備品の恩恵を受けられないと推測》

あ、やっぱ俺はスキル使えないんですねハハハ。そんな気はしてた。知ってた。ちくせう。

●

「ヒカル、スライムを倒してからなんだか元気ないみたいだけど、どうしたの？」

「いや、大したことじゃないから気にしなくていいよ」

アルマが心配そうな顔をしながら気を遣ってくれている。

勝手に喜んで勝手に落ち込んでいるだけだからそっとしといたげてください。

洞窟の奥に進むと、コウモリ型の魔獣の群れに出くわした。大体三十〜四十匹くらいかな。

避けて通るのは難しそうだ。でも、この数を一度に相手取るのはちとキツいな。

「ヒカル、精霊魔法を試してみたいけど、どうかな？」

「え？　ああ、そういえばギルマス経由で精霊と契約してたっけ」

ヴィンフィートの街に入る際、ギルドマスター・イヴランミィさんことロリマスに頼んで、アルマにも精霊魔法を習得させてもらえないか頼んでみたら、快く契約させてくれた。

いやーロリマスが親切な人で良かったわー精霊さんたちも大喜びだったしなー。

〈なにがおおよろこびだ！　つーか、イヴランめっちゃしぶってただろ！〉

〈『ほかのまほうつかいたちにたいしてふこうへいになるからヤダ』っていってたのに、おまえが

かぜのせいれいをつかまえたあげく、むりやりこうしょうしたせいだっただろーが！〉

そうだったけーいやー昔のことだからよく覚えてないなーははは。

〈ついきのうのことだろーが！　しらばっくれんな！〉

あーはいはいそうですね。つーかナチュラルにこちらの思考を読んでくるのやめてくれないかな。

さっきからツッコミを入れてきてるのは、地属性の精霊『リトルノーム』たちだ。

彼らと契約した経緯だが、ロリマスとの交渉中に風の精霊たちが煽るようにビュンビュンと周囲を飛んでいて、鬱陶しかったから手で掃おうとしたがすり抜けてしまい、それに対してめっちゃ馬鹿にしてきおったんですよ。

ちょっとムカついたので、今度は魔力を手に纏わせて掴もうとしたらあっさり捕獲成功。

そしてそのままお仕置きタイムに移行しようとしたところで、ロリマスに止められた。

そのまま放してやっても良かったが、『放してほしかったらアルマと契約させろ（意訳）』と丁寧にお願いしたら、渋々ながら契約させてくれた。

その際に、メニューから『地の精霊が汎用性が高く便利』だとアドバイスをもらったので、ついでに契約させてもらった。ロリマスと精霊たち、滅茶苦茶文句言ってたけど。

……初対面でロリマスからの印象が最悪になったかもしれんが、メニューが言うにはこの洞窟の中でのレベリングにおいて、非常に強力な能力になり得るから強引にでも契約するべきだったと言っている。

「じゃあ『リトルノーム』、まとめて潰して」

〈お、おう。……じひがねぇ……〉

地属性の精霊の能力は『地形操作』だ。

土や岩なんかの形を変えたり、土を固めて岩のように硬くしたり、逆に岩を砂状に変えたりできる。

アルマの精霊魔法で天井を地形操作で崩落させ、コウモリたちをまとめてペシャンコにした。

一匹ごとのレベルは大したことないが、群れで吸血されたりすると結構深刻なダメージを負う危険性がある。でも、こうなると関係ないな。

本当に地属性の精霊魔法を覚えてもらって良かった。洞窟みたいに狭くて地形に囲まれている場所なら大抵の相手には無敵に近い。

地面、壁、天井、その全てが凶器になって襲い掛かってくる。そう考えるとホントに恐ろしい。

まだＭＰも体力的にも大分余裕があるが、この洞窟では初めての探索だし今日はこれぐらいで帰ろうかと思ったところで、ふと気になる魔力反応を感知した。

魔獣の魔力反応は、なんというかトゲトゲしてるというか、少し不快感を覚える反応だ。

対して人の反応は丸っこくてふわふわしてるイメージ。人によって個体差はあるが、例えばアルマの反応は感じとっているだけで落ち着くような、安らぐような感じだ。……我ながらちょっと変態っぽいからこれ以上はよそう。

それで、奥の方でかなり強い魔獣が複数の、五人くらいの人と思われる存在と衝突しているような、そんな反応を感知した。

多分、他の冒険者パーティが魔獣と交戦中っぽいな。

……大丈夫かコレ？　大体の目安になるけど人のパーティっぽい反応は魔力の大きさから一人頭

Lv15前後くらいだと思う。

しかも一人だけすごく弱い反応が混じっている。この人Lv1くらい、いやもしかしたら成人前の子供か？　なんでこんなところに一緒に来ているのやら。

対して相手の魔獣は四足獣タイプで大体Lv20後半、下手したら30を超えてるかもしれない。このパーティで倒せるかというと、正直勝ち目は薄いように思えるんだが。

あ、徐々に距離をとって逃げようとしてるっぽい。賢明な判断だけど、相手のレベルの高さを考えるに逃げるのも難しいんじゃないのか？　移動するスピードも魔獣のほうが数段上だし。

おいおい、弱めの反応の人、明らかに遅れてるけどこれヤバくない？　どんどんパーティから離れていってる。このままじゃ魔獣の餌食になるのも時間の問題だぞ。

あー、これアレだ。弱い人を囮にして他の人たち逃げようとしてるな。薄情な、というよりもしかして最初からそのつもりで連れてきてたのか……？

さて、どうしようか。あ、こっちに逃げたパーティが近づいてきてる。このままだともうすぐかち合うな。

奥の方から複数の人の足音が近づいてくるのが聞こえてくる。

薄暗くて見えづらいが四人組の若い男女のパーティの姿が見えた。皆大なり小なり傷を負っているが、致命傷ではなさそうだ。

「はぁ、はぁ、くそっ、こんな浅いところであんなやつとかち合うなんて運がねぇぜ！」

「待って！　あ、あれは何!?　もしかして他の冒険者!?」

「お、おい！　お前らも逃げろ！　奥からハイケイブベアが俺たちを追いかけてきてるんだ！」

向こうもこちらに気づいたようだ。

ハイケイブベア？　魔獣の名前か？

《ハイケイブベア：洞窟などに生息するLv30以上の熊型の魔獣。四足獣、爪術(そうじゅつ)、牙術(がじゅつ)など、多彩なスキルを使いこなすうえ、ステータスも高水準の強力な魔獣》

Lv30以上の魔獣は初めてだな。まともにやり合ったらちとキツそうだ。

「警告ありがとうございます。ところで一つ、お聞きしてもよろしいですか？」

「なんだこんな時に！　急いでるのが分からないのか！」

「この洞窟には、あなたたちだけで入ったのですか？　他に誰か同行者はいらっしゃいませんでしたか？」

そう言うと、相手のパーティの青年はわずかに顔を顰めながら答えた。

「……いや、一人荷物持ちにスラムのガキを連れてたんだが……」

「ちょっと!!　そんなことより早く逃げないと!!」

答えようとしている途中で同行者の女性が遮って、青年の腕を引っ張って出口に向かって逃げるように促し、一緒に走っていった。

女性のほうは一人見殺しにしたのがバレたらまずい、とでも思ったのだろうか。そこまで聞いたらバレバレですよ。

青年のほうは少し申し訳なさそうな表情をしつつ、わずかに会釈しながら逃げていった。

正直言いたいことはあるが、急がないといけないのはこちらも同じだ。構っている暇はない。

「アルマ、この奥に一人置き去りにされている人がいるみたいだ。危険な魔獣に襲われていて、このまま放っておけばほぼ確実に死ぬ」

「なら、助ける。すぐに行かないと」

即答したな。打算とか微塵も考えていない表情で返してきた。

この真っ直ぐな優しさに、俺も救われたんだ。その俺が強い魔獣がいるからって見殺しにしてちゃ道理に合わん。

……正直怖いが、助けに行きますか。最悪アルマとその人を抱えて魔力飛行で逃げればなんとかなるだろ。

一応、仕留める算段もできてはいるんだが、えげつない方法のうえに上手くいくかもまだ分からないからあまりあてにはしないほうが無難かもな。

アルマを抱えて魔力飛行で魔力反応の方へ移動。

反応を感じとる限り、まだ大きな怪我なんかは負っていないようだが魔獣との距離が近い。

このままじゃいつ襲われるか分からないな。間に合え。

ようやく姿が見えるところまで来たが、人の反応のほうは……良かった、まだ無事みたいだ。

よく見えんが、体格からして十歳くらいの子供ってとこか？　いや、ステータスを見ると成人前くらいか。着てる服がやたらボロい。

スラムの子供って言ってたし、あの子で間違いなさそうだ。

で、その近くにいる魔獣のほうだが予想通り強力だな。見た目はデカいクマで、立ち上がったら四メートルはあるんじゃないかこいつ。

魔獣：ハイケイブベア　Lv３２　状態：正常
【能力値】
ＨＰ（生命力）：６３２／６３２　ＭＰ（魔力）：２１４／２１４
ＳＰ（スタミナ）：３１７／４１５
筋力　：４２３　攻撃力：４２３　防御力：３７４　素早さ：２７３
知能：９８　器用さ：８７　感知：２９９　抵抗値：８７　幸運値：４７
【スキル】
魔獣Lv４　四足獣Lv５　体術Lv５　爪術Lv５　牙術Lv４

うわぁつっよ。まともにやったらまず勝てんな。

レベルもステータスも明らかに格上だ。こんなやつがゴロゴロしてるのかよこの洞窟。こわ。

ってヤバい、あの子、このままじゃ追いつかれる。むしろ今までよく逃げられたもんだ。

アルマを一旦降ろして、全速力で魔獣に足から突進！

まるでドロップキックをするかのように足の裏を魔獣にブチ当てる！

『グジャアアア！！？』

ドロップキックを受けたクマ魔獣が、悲鳴を上げながら軽くよろめいた。

かなり距離の離れた場所から攻撃したから、感知できずに避け切れなかったみたいだな。

「あ、あれ……？　え……？」

追いかけられていた子供が目を丸くしている。

ボロボロだなこの子。衣服も体も小汚いし、後で風呂にでも連れていってやるか。

●

『グジャアアァァアアッッ!!』

怒りに燃えた目をこちらに向け、咆哮するクマ魔獣。こっわ。

「ひ、ひぃ……!」

追いかけられていた子のほうは、今の咆哮に竦み上がってしまったようだ。

「大丈夫か、怪我は?」

「ひ、あ、だ、大丈夫っす……で、でも、魔獣が……!」

怯えながらも、なんとか状況を見て言葉を返そうとしているな。スラム暮らしで生きのびるための術を磨いてるからか。

声と顔つきからして、女の子か。前は女の子に助けられていたが、今度は助ける側に回れたな。

だからなんだって話だが。

金髪に赤い綺麗な瞳だ。風呂に入ってさっぱりさせて、服をまともにすればなかなか可愛らしくなりそうだ。……はいはい、今はそれどころじゃないですね。

『ガアアアアアアッッ!!』

こちらに向かって、クマ魔獣が突進してくる。攻撃力を激増させる四足獣スキルの【轟突進】を使ってるなありゃ、クッソ速い。

それでも全速力で動けばこちらのほうが速度は上のようだが、いつまでも逃げられるような速度じゃない。このままじゃピンチだ！　どうしよう！（棒読み）

回避した直後、再びこちらに向かって突進しようとしたところで——。

クマ魔獣の体が地面の下に沈んだ。

『グガアッ⁉』

「え、あれ？　き、消えた？」

「上手く落としたな、アルマ」

「うん。相手が硬直していれば、落とすのは楽だった」

突進を避けられて方向転換するわずかな隙をついて、アルマが精霊魔法を使ってやつの体の下に深い穴を開けて落下させた。

タイミングを見て落とし穴を作って落とすように指示を出していたが、上手くやってくれたな。

「登ってこられないくらい深いところまで落としたから、もう大丈夫だと思う」

「まあそれぐらいなら十分か、さて、仕上げにポイポイっとな」

ケルナ村でもらった藁束を穴の中に投げ込み、火蝦蟇の油を塗った薪に火を点けて投げ込んだ。

仕上げに精霊魔法で穴を塞いで処理完了。

これで穴の中では藁が燃えて酸素不足になり、やがてクマ魔獣は窒息死するだろう。

登ってこようにも穴は既に塞いである。脱出しようとしても無理だ。

我ながら卑劣でエグい戦法だなぁ。でも魔獣相手で生きるか死ぬかの時に騎士道精神がどうとか言ってられないし—。

「な、何が起きたんすか？　急に穴ができて、なんか投げ込んだ後塞がって……？」

混乱した様子でクマ魔獣が落ちた穴があった場所を眺めるスラムっ子。

色々いっぺんに起こりすぎて脳の処理が追いついていない様子だ。

「あー、簡単に説明するとそっちの女の子、アルマの魔法で落とし穴を作って、それにさっきの魔獣を落としたんだよ。出口は塞いだからもう大丈夫だ」

「は、はあ……」

「無事で何よりだ。歩けるか？」

「は、はいっす。あ、あの、助けてくれて、ありがとうございます。お二人が来てくれなかったら、きっと食べられて死んじゃってたところっす」

「怪我はしてない？」

「はい。あの魔獣、獲物が怖がりながら逃げるのを楽しんでるような感じで、一気に攻めてくるようなことはしてこなかったっすから」

獲物を前に舌なめずりは三流のすることって某傭兵も言ってたぞ。舐めプはアカン。

まあそのおかげでこの子は助かったわけだけど。

この子を放ってレベリング続けるわけにもいかないし、とりあえず一旦街まで——、

《推奨：後方への緊急回避》

……え？

『グ、ジャァァァアアアアッ!!』

っ!?

衝撃と激痛と共に、自分の体がくの字に曲がり、吹っ飛んだのが分かった。

「ヒカル!!」

「あ、あ……!!」

アルマとスラムっ子の悲鳴が耳に入ってくる。

痛みを我慢してアルマたちの方を向くと、さっき穴に落としたはずのクマ魔獣が、今にもアルマたちに襲い掛かろうとしているのが見えた。

な、なんで、どうやって穴の中から出てきたんだ……!?

《否定。【隠密】スキルを有した別個体が、奇襲を仕掛けてきた模様》

別のヤツかよ！　全然気づかなかった……！

「こ、こっちっす!!」

『グォア……？　ガァァアアっ!!』

「!?　何してるの!?」

何を思ったのか、スラムっ子がクマ魔獣の顔に石を当てた後、走り出した。

それに怒りを覚えたのか、クマ魔獣がスラムっ子に襲い掛かろうとしている。

俺やアルマには、目もくれずに。

まさかこの子、自分へクマ魔獣の意識が向くように、囮に……!?

『グジャァアッ!!』

追いかけてくるクマ魔獣が、スラムっ子に向かって右手を振り回す。

「あ、ガッ……!?」

振り回した右手が掠(かす)っただけで、スラムっ子の体が吹っ飛んだ。

そのままトドメを刺そうと突進しようとしている。

「やめろゴラァァァアアッ!!」

『グギャァアアッ!?』

俺のほうが先に魔力飛行でクマ魔獣に突っ込んで、よろめかせた。

そのままありったけの魔力をクマ魔獣に纏わりつかせて硬化し、拘束した。

「アルマぁ!! 動きを止めてる間に、コイツも精霊魔法で落とせ!!」

「っ！『リトルノーム』ッ!!」

『グジャァァァア!? アアアァァァァ……！』

硬化した魔力によって拘束されている間に落とされ、無抵抗のままクマ魔獣が地面のはるか下まで落ちていった。

即座に藁束と火の点いた薪を落として、窒息処理完了。

……なんて一息ついてる場合じゃない！ スラムっ子は無事か!?

「おい、大丈夫か！」

気を失っているようで、反応がない。どんどん血の気が引いているのが暗闇でも分かる。

《魔獣の攻撃によるショックの影響で意識不明。また、骨や内臓も一部損傷。放置すれば死に至る危険性あり》

まずい……！ 早くポーションを飲ませないと！

《体へのダメージが大きく、所持している下級ポーションでは効果が薄い。重大な危機を乗り越え

るには、上級以上のポーションあるいは上級回復魔法相当の治療が必要》

《ヴィンフィートまで戻れば治療を受けることは可能。しかしここから街へ全速力で移動するまでの間に、ほぼ確実に死亡する》

……間に合わないってことかよ……！　くそ、そんなのってあるかよ！

メニュー、他にこの子を助ける方法はないか!?　俺にできることならなんだってやってやる！

《……現状では、救助方法は皆無。梶川光流も先ほどの奇襲により生命力が尽きて、体にダメージを負っているため、そちらの治療を優先することを推奨》

生命力が、尽きた？　俺のステータス分のＨＰがゼロになったってことか？

どうでもいい。本当に、どうでもいい！

この子を助けられなかった。くそ、クソッタレが……!!

ひどい無力感に苛(さいな)まれていたその時、何か奇妙な感覚を覚えた。

「え、え……？」

体の表面に、何か得体の知れない膜のような、目に見えない何かが纏わりついていくような、そんな感覚。

な、なんだこれ？　何が起きてんだ？　いきなり纏わりついてきた、この変な膜みたいなのはなんだ……？

《……一体目のハイケイブベアが窒息死し、経験値を獲得したことにより梶川光流がレベルアップし、生命力・魔力が全回復したことを確認。体表を覆っているのは、ステータス分の『生命力（ＨＰ）』であると推測》

生命力？　この、気体と液体の中間みたいな、まるで魔力みたいな膜が？

これまで生命力を纏っていることとなんか感じなかったのに、今ではハッキリと纏わりついているのが分かる。

ＨＰがゼロになって、初めて自分の生命力を感知できるようになったのか。まるで死ぬ寸前まで自分を追い詰めてからそれを乗り越えた修行者みたいな、そんな感覚が疑似的に再現された感じなのかな。……そんな上等なもんじゃないか。

……あれ、ＨＰが回復したのに傷が全然治ってないんだが。

《……『ステータス分の生命力』が『梶川光流の肉体』に宿らず、外付けの装甲として体表に留まっている。体内に生命力を吸収すれば、傷の治療は可能であると推測》

よ、よく分からんが、要はこの纏わりついてる生命力を体内に取り込めば、傷が治せるってことでいいんだな。

でも、取り込むったってどうすれば……あ、魔力と同じように普通に操作できるわコレ。魔力操作ならぬ『生命力の直接操作』ってところか。

自分の体内に生命力を無理やり押し込んで傷の部分に集中させると、みるみる傷が治っていき、まるで最初から傷なんてなかったかのように綺麗に治り、痛みも消えた。

便利だな、コレ。……ん？

……っ!!

メニュー！　この生命力を、この子に分けて治したりできないか!?

《推奨：早急な試験》

はよ試せってか！　よし、スラムっ子の体内に、生命力を流し込んで治療！

「ヒカル、何をして……!?　傷が、治っていってる……？」

スラムっ子の体中にできていた擦り傷が、みるみる塞がって消えていく。

メニューに表示されている、スラムっ子の損傷した内臓や骨も、全て元通りの状態に治っていき、生命力を流し終えた頃には傷一つなく、血の気が引いて真っ白になっていた肌も赤みが差して健康的な肌へと変わっていた。

……メニューさん、この子の容体は？

《状態：正常。若干栄養状態が悪い以外、特に異常はない》

よ、良かった……！　治った、治っちまった……ははは……！

「……ヒカルが、治したの？　どうやって……？」

アルマが唖然（あぜん）とした様子で呟いているが、驚いているのはこっちのほうだ。

メニューさんが『もうこの子は助からない』みたいなこと言ってたのに、あっさり治っちまった。

上級ポーションだの上級回復魔法じゃないと治せないだの脅してくるもんだから本気で焦った……。まだ嫌な汗がダラダラですわ。

それより、傷が治ったんなら起こしてやらないと。

ショックで記憶喪失にでもなってたら大変だし、本人確認ができるかどうかくらいは聞いておかないとな。

あー、助けられて良かったー……新しい街に来て早々、トラウマ抱えるところだったわ……。

●

　スラムっ子の頬をペシペシ叩いて起こし、事情聴取。

　起きた時に傷がなくなっていることに驚いていて、（ぶっつけ本番の方法で）治療したことを伝えると、腰を直角に曲げながら何度も礼を言ってきた。気にすんな。

「ところで、別のパーティがさっきのクマ魔獣に追いかけられてるって叫びながら逃げてたのを見たんだが、もしかして置いてかれたのか？」

「はい、あの人たちがいくら攻撃してもビクともしなくて、みんなで逃げようとしたんすけど、自分だけ成人してないから足が遅くて……」

「あなた、成人してないのに魔獣の棲家に入ったの？　なんでそんな危ないことを？」

「荷物持ちでもなんでもいいから雑用に使ってほしいって、そのパーティに無理を言って頼み込んだんすよ。もうすぐ成人するから、それで職業が決まれば冒険者になれるけど、装備とか揃えるためのお金もないから、手っ取り早く稼ごうと思ったんすけど、ご覧の有様っす」

　要するに、成人した後の装備を調えるためにお金を稼ごうとしたけど、その仕事の最中に命の危機にあったと。無謀。

「……失礼かもしれないが、家族は？」

「っ……いないっす。元々孤児院に住んでたんすけど、潰れちゃって身寄りがなくなって、今はスラムで寝泊まりしてるっす」

『家族は』と聞いたところで一瞬眉を顰めたが、『いない』と答えた。

死に別れたか、それとも会えない事情があるのか分からないが、今は深く聞くのはやめておこう。

「すまない、あまり聞かれたいことじゃないだろうに」

「いいっすよ。別にそんな気にすることでもないっすから」

メンタル強いなこの子。

「置いていったパーティのこと、恨んでる？」

「一応、前払いで報酬はもらってたし、基本何があっても自己責任で、自分の身は自分で守るように契約してたっすから、特に恨み言はないっすよ」

「……そう。ならいい」

「とりあえず、事後処理は街に帰ってからにしよう。預かっていた荷物は一段落してから返せばいいと思うぞ。向こうも君を置いていったことに負い目を感じていたみたいだし」

「……すみませんっす。自分なんかのために、こんなに手間かけさせちゃって」

……自分のことを大事にしていないような物言いだな。

さっきのクマ魔獣との戦いの時も、自分を囮にして隙を作ったりしていたし。

そう思っていると、アルマがスラムっ子に向かって口を開いた。

「……あなた、身寄りがないならしばらく私たちと一緒にいない？」

「え？」

驚いた顔で、アルマを見るスラムっ子。

「このまま放っておいたら、また無茶して危ない目に遭いそうだし、それなら傍(そば)に置いておいたほうが安心できる」

「え、いや、でも……まだ会ったばかりなのに、それに自分はまだ成人してないから荷物持ちぐらいしかできないっす。せっかくのお誘いですけど、あまりお役には立てないと思うっすよ……？」

「それでもいい。自棄にならず、しばらく落ち着ける環境でよく考えて、自分の生き方を考えてほしい。無茶をしたせいで死なれたりするほうが私は嫌。……ヒカルは、どう？」

ソレ、聞く必要ある？　断れる空気じゃないでしょコレ。

「……はぁ。宿代と食費がかさむが、同意見だ。いいから遠慮せず一緒に来なよ。少なくとも衣食住は保証するから。どうしても嫌って言うなら別にいいが」

「い、嫌なわけないっすよ！　で、でも本当にいいんすか？」

「いいっつってんだろ。時間がもったいないから来るなら早く決めなよ」

「じ、じゃあ、しばらくお世話になるっす……ふ、ふぐぅ……！　な、なにからなにまでありがとうございばずっす……！」

涙を流しながらスラムっ子が礼を言った。優しくされることに慣れていないみたいだな、不憫な。

「グスッ……じ、自分は『レイナミウレ』と申します。略してレイナって呼んでください。今後ともよろしくお願いしますっす！」

「アルマティナ。長いから、アルマでいい。よろしく」

「俺は梶川光流だ。カジカワでもヒカルでも好きに呼んでくれ」

さーて、自己紹介も済んだし、今日はもう帰るか。

あ、来た道どっちだっけ？　やっべ、道しるべに何か撒いておくべきだったか。

《二体目のハイケイブベアが窒息死したことにより、梶川光流及びアルマティナが経験値を取得、

《レベルアップを確認》
お、レベルが上がった。二匹目のクマ魔獣が窒息死したみたいだな。
お前は強かった、多分。きっと強かったんだと思う。まともに戦ってないからイマイチ分からんかったけど。
ん？　また急に目の前にメニュー画面が表示された。あ、コレ、もしかして……。
《レベルが一定の数値に達したのを確認。メニュー機能のアップデートを開始》
新機能の実装か。スタンピード以来だな。今度はどんな機能が追加されたのかな。

●

「お、出口が見えてきた。進んだ時よりも早く帰れたな」

あれから埋もれたハイケイブベアの死体を回収し、新しいメニュー機能を頼りに洞窟から脱出したところだ。

新しい機能は【マップ画面】。そのまんま地図の役割を持っている機能だ。

訪れた場所、あるいは視界に入る範囲を地図化し、画面に表示してくれるので、こういった入り組んだ洞窟やダンジョンなんかではこの上なく便利な機能だろう。

しかも自分の周囲の存在の反応、例えば俺の一メートル右にアルマがいるとか、ちょっと後ろをレイナがついてきてるとかはもちろん、マップに表示される範囲の魔獣やアイテムの位置なんかも正確に表示してくれるので、安全に脱出することができた。

あと街や魔獣のテリトリーなんかのロケーションの場所も表示してくれてるけど、コレってどんな基準で表示されるようになるのやら。

そういえば、レベルアップしたのにステータスを見ていなかったな。確認しとくか。

梶川　光流　Lv２０　年齢：２５　種族：人間　職業：ＥＲＲＯＲ（判定不能）　状態：正常

【能力値】

ＨＰ（生命力）：３１０／３１０　ＭＰ（魔力）：２１５／２１５　ＳＰ（スタミナ）：０／９０

筋力：２１５　攻撃力：２１５（＋１５）　防御力：２１５（＋７０）（＋１５）

素早さ：２１２　知能：２１５　器用さ：２１９　感知：２２３

抵抗値：２０９　幸運値：２０９

【スキル】

※取得不可※

【装備】

赤猪の胸当て（防御力＋７０）　仕込み刃付きブーツ（攻撃力＋１５　防御力＋１５）

うむ、我ながらなかなか強くなってきたな。

今ならウェアウルフとも魔力操作なしでやり合えるんじゃなかろうか。

アルマのほうも見ておくか。

アルマティィナ　Lv２１　年齢：１６　種族：人間　職業：パラディン　状態：正常
【能力値】
ＨＰ（生命力）：３８０／３８０　ＭＰ（魔力）：２７８／２７８
ＳＰ（スタミナ）：１２４／１８０
筋力：２０２　攻撃力：２０２（＋８０）（＋１５）　防御力：１９０（＋７０）（＋１５）
素早さ：１９５（＋３０）　知能：２１２（＋１０）（＋４０）
器用さ：１４７　感知：２０８　抵抗値：１６３　幸運値：９８
【スキル】
剣術Lv５　体術Lv５　投擲Lv２　魔法剣Lv２　攻撃魔法Lv６　精霊魔法Lv２
【装備】ミスリル刃の鋼鉄剣（攻撃力＋８０　知能＋１０）　人狼革の胴当て（防御力＋５０）
疾風のブーツ（防御力＋１５　素早さ＋３０）

こちらも順調に成長しているな。
こうして比べてみると、能力値の数値だけならアルマより強くなってたのか俺。
少なくとも足手まといは卒業できたかな。多分。
最後にレイナのほうのステータスも念のため見ておくか。

レイナミウレ　年齢：１４　種族：人間　職業：未成年　状態：空腹
【能力値】

ＨＰ（生命力）：３０／３０　ＭＰ（魔力）：３０／３０　ＳＰ（スタミナ）：１０／３０
筋力：４７　攻撃力：４７　防御力：４０　素早さ：７０　知能：４８
器用さ：７５　感知：６８　抵抗値：１８　幸運値：４３
【スキル】
短剣術Lv１　体術Lv１　隠密Lv２

おお、この子、未成年なのにスキルを三つも持ってる、隠密なんかLv2じゃん。
このまま成長して成人になったら、どんな職業になれるのかな。
《このスキル構成の場合、成人時に選択肢として挙がるのは【見習い短剣使い】【見習いアサシン】【見習いシーフ】の三つ》
《見習い短剣使い：短剣術の扱いに特化した職業。リーチが短いが、素早さの能力値が特に上がりやすい》
《見習いアサシン：隠密スキルのスキルレベルが上がりやすく、能力値が上がりにくいので搦(から)め手で立ち回ることに特化している》
《見習いシーフ：短剣術のスキルレベルが若干上がりやすいが、能力値が全体的に低い。その代わり開錠や罠解除のスキルを取得することができる》
…どれもイマイチパッとしないな。
このまま冒険者になったとしても、正直あまり強い戦力にはならなそうだ。
唯一スキルが有用そうなシーフも罠はメニューがあれば対処できるし、鍵開けは魔力を固めた鍵を作ればいくらでもできそうだしなぁ。

これらのスキルに加えて、何かスキルを取得して強力そうな職業になれたりしないのかな。

《スキル構成類似の職業を検索…………一件ヒット。攻撃魔法スキルを取得することで新たに選択肢が追加》

これらのスキルに、攻撃魔法？　想像つかないな。

パラディンの短剣版とか？　アルマの下位互換にしかならないと思うんだけど。

《新たに追加される職業は■■である。極めて希少な職業であり、過去にわずかにその職業を選んだ例がある以外は記録がないが、将来的に強力な存在になる可能性が高い》

………それでいこう。

この子が成人する前に攻撃魔法スキルを覚えさせて、その職業にジョブチェンジさせよう！

勝手に決めるようでなんだか悪い気もするが、その職業を知ったら他の職業が霞（かす）んで見えるだろうし、説得してみるか。

第三章　新たな仲間と、新たな力

　街へ戻って、まず真っ先に向かったのは銭湯。

　テリトリーでの戦闘で一汗かいたのもあるが、言っちゃ悪いがお日様の下に出るとレイナの全身の汚れ具合がよく見えて、これじゃちとアカンということで連行しました。

　一人頭五〇〇エン程度で済むから一度入るくらいならさほど痛い出費じゃない。……いややっぱちょっと痛いかな。軽く膝擦りむいたくらい痛い。

　本当なら毎日湯船に入りたいくらいだが、経済的に厳しいので普段は宿の簡易シャワーで我慢している。でもレイナを一度さっぱりさせるにはシャワー程度じゃちょっと心許（こころもと）ないくらい汚れてるからやむを得ない。

　俺は男湯、アルマとレイナは女湯に分かれてそれぞれ一風呂入った。

　うむ、やっぱ湯船に入ると疲れがとれるなぁ。心なしか体が軽くなったような気さえする。

　風呂から上がった後に、汚れが落ちたレイナを見てみると、一瞬誰か分からなかった。

　ボサボサだった髪もサラサラと艶やかな金髪になり、全身の汚れが落ちて綺麗な肌に大変身。着ているものがボロじゃなかったらスラム暮らしの子供には見えないほどの美少女になっていた。

　この外見なら飲食店のウェイトレスにでもなればいい客引きになっただろうに。

　いや、目立って『裏の商売』の対象にならないように、あえて汚くしてたのかもしれない。

　風呂から上がった後、『結構なモノをお持ちだったっす……』と自分の胸にペタペタ手を当てながらアルマの方を遠い目をして見ていた。ま、まだ成長の余地は十分あるから、うん。

そっから今度はレイナの服を購入するため服屋へ。

ボロのままじゃ可哀想だし、せっかく綺麗になったんだからそれ相応の服を着せてあげたい。

ついでにアルマの服も見ておきたいしな。いつも食料品店とか装備屋とか華のないトコばっか連れて歩いてるからなぁ。

女の子なんだし、オシャレはさせてあげるべきだろう。……それに、俺には女性物の服の選び方なんか分からないし、服のチョイスはアルマに任せてしまおう。

数十分ほど経って店から二人が出てきたが、これまた見違えるような変身ぶりだった。

レイナのほうはフリル付きで肘までの長さがある赤めのブラウスにクリーム色のスカート、白黒縞々（しましま）のハイソックスに赤いブーツを履いて、後ろ髪を大きなリボンで結んでいる。

うんうん、よく似合っているんじゃないか。着る物一つでこんなに印象が変わるんだなぁ。

アルマのほうはシンプルで涼し気な黒いワンピースにこれまた黒いストッキング、そして前髪に花形のヘアピンを着けている。

うわっほい。思わず変な声が出そうになった。

いやコレ似合ってるんだけどちょっとセクシーすぎへん？　特に黒いストッキングが。ぶっちゃけ扇情的ですらあるんですが。

……悪い虫が付かないか心配だ、とかアルマパパなら言いそうだな。

そして、これらの購入費用で軽く四万ほど財布からお金が消えました。……必要経費とはいえやっぱ痛い。勢いよくコケて地面と顔面キッスしたくらい痛い。

「こ、こんな綺麗な服を買ってもらっていいんすか？　自分にはもったいないっすよ、今からでも返品したほうが……」

「そんなことない、よく似合ってる」

「遠慮せず着ておけ。そのうち服ぐらい好きなだけ買えるくらいに稼げるように鍛えてやるから」

「き、鍛えるっすか？　……自分のステータスじゃ、鍛えたところで限界があると思うんすけど」

「そのあたりの相談も、一段落したらするつもりだよ。いいから今は買い物を楽しんどけ」

「は、はぁ……」

服一つ買っただけでこの反応。どんだけ自分に自信がないのやら。

急に綺麗な服を買ってもらって不安そうにしているが、それでもどこか嬉しそうだ。

鍛えると言われた時に少し怪訝そうな顔をしていたが。

「アルマもすげー似合ってるよ。……少し大胆にも見えるが」

「？　どこか変なところでもあるの？」

「変じゃないが、ちょっと魅力的すぎるというか……」

「ぶっちゃけちょっとえっちぃっす」

「……!?」

ちょ、レイナ、言い方がストレートすぎるわ！

レイナの感想を聞いてから、アルマが恥ずかしそうに顔を赤らめて、体の前を手で隠すようにしている。しかしそのせいでますます色っぽさが増してしまった。

どうすんだコレ。もはやフェロモン兵器と化しているんですが。

何気ない仕草でこの色気はやばいな、でも着替えさせるにはもったいないくらい綺麗だ……アカン、俺も魅了されかかってるのか……？

状態表示もなんの冗談か【魅了】（対象：アルマティナ）とか書いてあるし……ってマジで魅了されてるやん!?　やべぇなこの子！

「……アルマ、申し訳ないが元の服に着替えてきてくれるか？　服は買ったままでいいから」

「う、うん……やっぱり、慣れないお洒落なんかするべきじゃなかったのかな……」

「いや違う。滅茶苦茶綺麗すぎて俺のステータスの状態に【魅了】って表示されてるぐらいなんだ。このままその辺を歩いたりしたら冗談抜きで街中の男たちが寄ってきかねない」

「そ、そうなの……？」

「まあ無理もないっすねー。女の自分から見てもめっちゃ綺麗ですもん。むしろカジカワさんが今すぐ襲い掛からないか心配なくらいっすよー」

「!?」

「流石にそこまで理性弱くねーよ！」

その後、元の冒険者スタイルの服装に着替え直してきたが、やっぱりちょっと残念そうだな。

……たまのオシャレすら満足にできないなら当然か。

次に服屋へ行く時は、もう少しゆっくり服を選ぶ時間をあげるべきかな。

次に調味料なんかを扱っている店に向かった。

コンソメスープっぽいものを煮詰めて作った粉を売っていたが、二〇〇グラムで四〇〇〇エン。

カレー粉ほど高くはないが、これも痛い出費だ。タンスの角に小指ぶつけたくらい痛い。

あと乳製品を売っている店でバターと牛乳、生鮮食品関係の店でロックオニオンとジャガイモやニンジンに似た野菜、鶏肉と鮭（さけ）っぽい魚の切り身を購入。

……そろそろ今日の買い物だけで宿屋一週間分くらいの出費なんですが。

宿に戻る前に、ギルドへ魔獣討伐の報酬を受け取りに足を運んだ。

もしも討伐報酬がショボかったらどうしよう。もう金策に薬草採取の仕事をするのは嫌だぞ。

受付嬢の立っているカウンターに足を進め、討伐結果の確認をしてもらおうと声をかけた。

「ただいま戻りました。確認をお願いします」

「お疲れ様です。ペブルスライム二体に、……ドレインバットが三十七体？　え、は、ハイケイブベアが二体、ですか……あなた方のステータスでは厳しい相手ばかりのような気がするのですが、初日から随分と無茶をされていますね」

「ほとんどはアルマが仕留めて、私は荷物持ちぐらいしかしていないんですけどね」

「いやいや、あのおっきなクマを蹴っ飛ばしたりしてたじゃないっすか……」

なんて話している間に、受付嬢がパチパチと計算機と思しき魔道具を弾（はじ）いて金額を提示してきた。

「……合計で、八三〇〇〇エンになります」

「ず、随分報酬が多めですね。そんなにあの魔獣たちって討伐報酬が高いんですか？」

「一匹当たりの討伐報酬金額ですが、ペブルスライムが三〇〇〇エン、ドレインバットが一〇〇〇エン、ハイケイブベアが二〇〇〇〇エンとなっております。それらの素材を売りに出せば、さらに大きな収入になりますよ」

わぁお。これだけで今日の買い物分のお金全部賄えるやん。……いや、宿代ともう一軒寄るところがあるから黒字かどうかは怪しいが。

「あと、今回の討伐でお二人のギルドランクがDに昇格となります。ハイケイブベアの討伐は本来Bランクの仕事ですので、それで実績ポイントが一気に貯まったのが要因ですね」

「え、アルマはともかく私もですか？」

「討伐履歴にカジカワさんとアルマさんが互いに協力し合ってハイケイブベアを討伐した形跡がありますので、どちらかだけがランクが上がるということはありません」

俺、クマを蹴っ飛ばして藁と燃えた薪を投げ込んだだけなんだけどなー、ボロいわー。

「……自分も鍛えてもらったら、こんな風に稼げるようになるんすかね」

「ああ。努力を怠らなければすぐになれるんじゃないか」

「レイナが成人するまで、あとどれくらいの期間があるの？」

「あと丁度ひと月っす。それまでに職業を決めないといけないんすけど、今あるスキルじゃあんまり強くなれそうにないっす……」

この子のスキル構成に攻撃魔法を加えたら、新職業が解放されるとは誰も思うまい。

自分でも今ある職業の選択肢はどれも微妙だと思っているみたいだし、あの職業をオススメするのは案外容易にできるかもしれない。

そのための準備として、魔道具屋で装備品の製作を依頼しておこう。

魔道具屋へ足を運び、ペプルスライムのコアを使った攻撃魔法スキルが付与された装備品の作成を依頼しておいた。

諸事情により地属性の魔石が不足していて、本当なら一か月くらいかかるところだったが、俺が採取してきた魔石を使えないか交渉したら、すぐに制作してくれるように段取りを立ててくれた。

魔石掘っておいて良かったー。あの時間は無駄じゃなかったんやなって。……あ、すみません次からは調子に乗って掘りまくったりしないから睨むのやめてくださいアルマさん。

……次は素材屋へ向かい、ハイケイブベアの素材の解体を依頼。

解体費用に一〇〇〇〇エンかかると言われて財布の中が心配だったが、これらを売りに出せば五〇〇〇〇エンは堅いらしいので問題なし。高っけぇなあのクマ。

討伐報酬より素材の値段のほうが高いとは。

毛皮は装備品に使うとしよう。牙や爪、肉だけでもけっこうなお金になるらしいし。

最後にようやく宿に到着。もうすっかり暗くなっちまったな。

「やっと帰ってこられたか。あー腹減った、さっさと飯作るか」

「カジカワさんが作るんすか？」

「いつもご飯を作ってくれているのはヒカル。とても美味しいから、楽しみにしてて」

「え、戦闘職なのに料理スキルを持ってるんすか？　ま、まさかLv50になると取得できるっていう、ギフトスキルってやつなんすか!?」

「いや、料理のスキルは持ってないよ。簡単な料理をいくつか作れるくらいなもんだ」

スキルを持っていない俺にはお手軽な家庭料理くらいが限界だ。豪華な料理は諦めろ。

期待外れにならないように、せめて失敗だけはしないように気を付けよう。

宿の受付でチェックインをする際に三人一部屋なら四〇〇〇エンでさらにお得とか言われた。却下だっつってんだろ！　何を期待して一部屋にまとめようとしてんだ！

他のお客からの視線が痛い。アルマを連れているだけでも奇異の目で見られていたのに、そこへレイナが加わってさらに変な目で見られている気がする。特に男性客から殺気交じりの視線が刺さるようにこちらに向いてる。勘弁してください。

さ、さて、気を取り直してキッチンに入りますか。

まず鍋を弱火で熱してバターを投入し、半溶けになったら小麦粉を加えてよく混ぜる。

じっくりと熱し、ルーが泡立ってきたら火から離し、牛乳を少しずつ加えて溶かしていって途中で再び火にかけ、焦げ付かないように丁寧かつ迅速に混ぜてホワイトソースの完成。

ガスコンロみたいに半自動じゃなくて、手動で薪の数を調整しないといけないから火加減が難しいな……なんとか焦げ付かずに作れたが。

隣のコンロの鍋に水を入れて沸騰させ、塩胡椒で下味をつけた鶏肉とジャガイモとニンジンに似た野菜を一口サイズに刻んだ物と薄切りしたロックオニオンを投入。

グツグツと煮込みながら灰汁をとり、具材に火が通ったらコンソメもどきの粉を入れて味を調節。

最後にそれらをホワイトソースに混ぜてクリームシチューの出来上がり。

ホワイトソースが焦げなくて良かった。焦げたらそれだけで味が台無しになるからなぁ……。

そしてもう一品。ねんがんの　さかなりょうりを　つくるぞ！

鮭っぽい魚の切り身に塩と酒を振りかけ十分放置。

その間にあらかじめ作っておいたゆで卵と、ケルナ村でもらった野菜のピクルスを刻んで、水に晒しておいて辛みをとばしたロックオニオンをみじん切りにする。

それらに酢と塩胡椒と砂糖、そして売ってるとは思わなかったマヨネーズを混ぜる。

マヨネーズって生卵を使うけど、サルモネラ菌とか大丈夫なんだろうかって不安にも思ったが、【衛生士】という職業のスキルで殺菌・消毒・洗浄された卵を使っているから問題ないそうな。生産職のスキルも侮れんな。超便利。

タルタルソースが完成したくらいに、魚の切り身から水分と一緒に臭みが抜けてきてたので清潔な布でよくふき取る。この布も衛生士が（略
切り身に塩胡椒で下味をつけ、小麦粉をまぶし粉をよく落とし、生卵につけた後パン粉をまぶして、さらに数分放置。その間に油の入った鍋に火をかけ温度を上げておく。

衣部分が切り身になじんだら油に投入。

ジャァァァっと食べ物が揚がる音はいつ聞いてもいいなぁ。周りの視線が一気にこちらに集中して落ち着かないけど……。

中火で一～二分ほど揚げて一旦取り出し余熱で身に熱を通し、一分経ったら強火でさらに一分揚げて取り出し、タルタルソースをかけて鮭もどきのフライの出来上がり。キャベツの千切りも添えておく。

最後にアロライスを盛って晩ご飯の支度終了。ちょっと時間かかっちまったな。

「できたぞー。どうぞ召し上がれ」

「いただきます」

「簡単な料理どころか、すっごい豪華じゃないっすか！　コレ、本当にいただいてもいいんすか⁉」

「当たり前だろ。口に合わなきゃ無理に食わなくてもいいけど、遠慮してるならその必要はないよ。それに言うほど豪華か？」

「どう見ても豪華っすよ！　周りの人の目を見れば分かるっす！」

そう言われて周りを見ると、他のお客たちがなんだか羨ましそうにこちらを見ている。

……ひょっとして、これまで飯を食う時に感じていた視線はアルマや俺じゃなくて、料理の方を見ていたのか？

どう見てもただの一般家庭の夕食だと思うんだが……。まあいいか。気にせず食べてしまおう。

「むぅ、魚のフライのほうはもっと美味くできたな。衣にチーズを加えたかったんだが、買うの忘れてたんだよなー……」

「それでもすごく美味しい。このすっぱいようなしょっぱいようなソースもよく合ってる」

「このシチュー、トロトロで濃厚で野菜もお肉もたっぷりで美味しすぎるんすけど！　自分今日死ぬんすか⁉　幸せすぎて死ぬんすか⁉　ふ、ふぐぅっ……！」

……泣くほど美味いかコレ？　嬉しいけどちょっと大げさ……でもないか？　これまでの食生活がどんなもんか知らないけど、きっとロクなもんを食べていなかったのかもしれないし。

これからは毎日栄養をしっかり摂ってもらおう。でないと鍛えるどころじゃないしな。

あ、シチューのおかわりあるよー。え、他の人が食べたそうにしてるから分けてあげたらって？

いや無理。他のお客全員に行き渡るほどの量なんかないし。

夕食が済んで片付けが終わった後に、いよいよレイナとの相談タイムだ。

さて、多分大丈夫だとは思うが、了承してくれるかな？

●

「さて、これからのことを話し合いたいと思うが、いいか？」

「……はいっす」

俺たち三人以外に誰もいなくなったキッチンで、レイナとの相談開始。

緊張した面持ちだが、そんな肩肘張らなくても。

「そう硬くならなくていいよ。ちょっと相談と確認をしたいだけだから」

「な、なんの相談っすか？」

「将来、どの職業を選びたいと思うのか、もう決めてあるのか？」

そう聞くと、少し俯きながら口を開いた。

「……正直、まだ悩んでます。自分、持っているスキルがイマイチで、このまま成人してもロクな職業になれそうにないんすよ」

「短剣使い、アサシン、シーフの三つだな？」

「はい……って、え？　な、なんで分かるんすか？」

「あまり大きな声じゃ言えないが、俺は他人のステータスが見えるんだ。鑑定みたいにな」

「ステータスが見えるって、鑑定じゃないんすか？」

「ああ。まあ詳しいことはもう少し日が経ってから話す。俺のことはどうでもいい」

正直、メニュー機能関連のことを説明するにはまだ早い。

レイナのことを信じてあげたいとは思うが、今日会ったばかりの人間に告げるにはちと危険な情報だし、ある程度の信頼関係を築くことができたら話すことにしよう。

「それでな、今持っているスキルに加えて、もう一つスキルを取得することで新たに職業の選択肢が増える、と言ったら？」

「え……？」

「君の将来は君のモノだ。だから強制するつもりはないが、攻撃魔法のスキルをあとひと月の間に獲得することができれば、知名度は低いが強力な職業になれるんだ。それを目指してみないか？」

「ええ……？　い、いったいどんな職業なんすか？」

メニューから告げられた、とある職業の名を伝えると、顔つきが変わった。

なんというか興味津々といった表情だけど、名前だけでどんな職業か分かるのか？

「それ！　その職業になりたいっす！」

「お、おう。……どんな職業なのか分かって言ってるのか？」

「正直全然分かんないっすけど、名前を聞いた時になんかこうビビッとくるものがあったっす」

「ビビッときたのか」

「きたっす」

ソレ、単なる勘じゃねーか。いやまあ、微妙な職業の選択肢ばっかの状況で聞き慣れない職業の名前を聞いたもんだからそれに縋りたい気持ちも分からんでもないけど。

「仮にその職業になれなかったとしても、攻撃魔法スキルがあれば魔法使いの選択肢も増えるし、スキル獲得に向けて努力して損はないと思う」

「はいっす。でも、あとひと月でスキルを獲得することなんてできるんすかね……？」

「一応、最短で獲得できるように段取りは進めている。早くて明後日からスキル獲得のための修業にとりかかれるぞ。かなり荒っぽい方法になるがやむを得ん」

「え、ど、どんな厳しい修業なんすか……!?」

荒っぽい方法と聞いて身構えている。そんなに怖がらなくてもええんやで。

「怯えなくていいぞ。別にレイナは痛くもかゆくもないから安心しなさい。修業の内容もひたすら単純作業で、頭も使わないしな」

「そ、そうっすか……」

まだちょっと不安げな顔してるな。

いや、ホントに簡単な修業だから。レイナは全然しんどくないから。レイナは。

●

二日後、全ての準備が整ったので修業場こと魔獣洞窟で修業を開始することになった。

攻撃魔法スキルの熟練度上昇の方法だが、魔道具屋に依頼しておいた攻撃魔法スキル付与の首飾りをレイナに装備させて、ひたすら魔法を使わせるというとってもシンプルな方法だ。

あのペブルスライムのコアがどうやったらこんな小さな首飾りになるのやら。装備すれば地属性の攻撃魔法を使えるようになる便利な装備品だ。生産職の人間には使えないらしいが。

魔力が減ってきたら俺とアルマが魔力を供給するので、最大MPが低いレイナでも何発も使用できるから一日ごとにかなりの熟練度を稼ぐことができる。

供給する際には適当に指輪を装備して、『コレのおかげで魔力を分けられるんだよー』と誤魔化しておいた。

ちなみにスキルの熟練度は、魔法を何もない場所に向かって撃っても上がっていくらしいが、当てる対象のある実戦形式のほうが断然上がり幅が大きいらしい。

そのことを踏まえて、現在レイナは現在地面に開いた直径二十センチメートルぐらいの穴の中に、いや穴の底に向かってひたすら魔法を撃ち続けている。

「あの、ちょっと聞きたいことがあるんすけど」

「なんだ？」

バシュッ　と攻撃魔法スキルによって放たれた石の弾丸が、穴の底へ着弾した。

『…………ォ……………』

「この穴って、修業用にカジカワさんたちが掘ったんすか？」

「ああ。そこらに向かって魔法を撃つと人に当たったりするかもしれないから危ないしね。アルマに精霊魔法でとってても深い穴を掘ってもらったんだ」

バスッ　と穴の底へ攻撃魔法が着弾。

『……………………ォォ……………』

「……すみません、もう一つ聞いていいっすか」

「なにかな？」

　ばきゅーん　と、穴の底に攻撃魔法が（ｒｙ
『……………ガッ…………ァァァ…………』

「その穴から、魔法を撃つたびになんか鳴き声が聞こえるんすけど、コレ、なんすか……？」

「気のせい気のせい。アレだ、狭いところに隙間風が吹くとなんか人の声みたいに聞こえるとかそんなんだよ多分」

　ドンッ　と勢いよく放たれた攻撃魔法が、穴の底の『なにか』に着弾した。

『…………ギャッ！…………ガガッ………！』

「いやいやいや！　コレ絶対穴の中になんかいるっすよ！　なんすか!?　いったい何がいるんすか!?」

「気にしたら負けだ。いいから気にせず修業に集中しな」

「めっちゃ気になるんすけど!?　全然集中できないっすよ！」

　レイナがしきりに穴の中を気にしているが、別に大したことじゃない。

　標的に当てたほうが熟練度を大きく稼げるので、昨日のうちにハイケイブベアを見つけておいて落とし穴にボッシュート。どうあがいても登ってこれないくらい深い穴に落としたので安全だ。

　その出口が今レイナが魔法をぶち込んでる小さな穴というわけだ。穴の中のスペースはとても狭いので、魔法を撃てば確実に当たる。熟練度を稼ぎ放題というわけだ。

　ちなみにレイナに真相を教えないのには特に深い理由はない。単に反応が面白いから誤魔化してるだけだ。ワロス。

「……ヒカル、そろそろ魔力補給の役を交代しよう」

「ああ、任せた。中からアレが出てこないように注意してくれ」

「やっぱなんかいるんじゃないっすか！　怖いっす！　もう帰りたいっすー!!」

この子のリアクションを眺めてるだけでしばらく退屈せずに済みそうだ。ガンバレー。

●

レイナの修業、というよりスキルの熟練度稼ぎ開始から一週間が経過した。

スキルを獲得するまで本当に熟練度が上がっているのか分からないが、メニュー曰くこのペースならレイナが成人するまでには十分間に合うとのこと。

アルマの魔法剣スキルはちょっと魔法剣もどきを使っただけで獲得できたのに、今回なんだかえらく時間かかってるな。いや魔法剣の仕様が特殊なだけで、本来スキルの獲得にはこれぐらいかかるのが普通なのかね?。

「フフフ……今日もまた、穴の中のナニカに向かって魔法を撃つ修業が始まるっす……」

死んだ魚のような目で呟くレイナ。……反応が面白いからって、ちょっとからかいすぎたかな。

レイナの修業は大体三日に二回くらいのペースで進めている。

本当は毎日でもやっておきたいところだが、生活費なんかを稼ぐのにどうしてもレイナの修業ばっかやってるわけにはいかないからだ。

穴の中のクマも何日も放置してたら死ぬだろうから定期的に中身を交換する必要があるしな。役目を終えたクマは経験値も素材も報酬も美味しくいただくことができるし、一石二鳥だ。……なんか我ながらかなりひどいことやってる気がしてきた。

レイナにばっかり修業させて、自分たちの修業がおろそかになるのも良くないということで、討伐依頼をこなすついでに実戦形式で修業をしている。

アルマは魔法のアレンジは大体要領を掴むことができたようなので、今度は剣術スキルのアレンジを試しているようだ。

色々と工夫してスキルのアレンジを試しているが、一番強力なのはやっぱ精霊魔法かな。

落とし穴を作って落として塞げば大抵の相手には勝てるし。精霊魔法マジチート。

……他の属性や上位の精霊を使役できるようになったらもう手が付けられないほど強くなりそうだ。

不遇職と呼ばれた頃の面影はもはや微塵も残ってない。不遇どころかチートだ。

俺のほうの鍛錬だが、魔力操作と生命力操作でできることの確認がてら、もっと使い勝手のいい技を編み出したい。

というのも、魔刃改も魔力ドリルもリーチが短い。白兵戦においてかなり致命的な短所が目立つんですよ。しかもどちらもじわじわと斬ったり削ったりする技だから、瞬間的な火力に欠けているというか、ぶっちゃけ使い勝手が良くない。

ここいらで魔力操作の特性を箇条書きにして、再確認してみることにした。

①魔力は体外に放出して空気に晒すとすぐに拡散してしまう。

②体内、あるいは体表に張り付いている状態だと拡散しない。ただしあまり体から離れた距離まで伸ばすと、拡散し始めてしまう。
③魔力は変幻自在。好きな形に変えられるし、鉄みたいに硬化したり、水のように流動的にもできる。ゴムやクッションのように弾力をも持せたり、ガムや水アメみたいにネチョネチョとした触感にして、纏わりつかせたりすることも可能。
④魔力は操作する人間のイメージによってエネルギーへと変換することができる。運動エネルギーはもちろん、熱エネルギーや電気エネルギーなど用途の幅は様々。

こんなところだ。

……こうして見ると、非常にできることの幅が広くて汎用性が高いように思えるかもしれないが、明確なイメージを維持したうえで効率よく運用しないとすぐガス欠になってしまう。

魔力操作を使った新技を開発しようにも、結局まともに思いつかなかった。残念。

次は生命力操作のほうだが、その前に前提条件の確認をしておこう。

本来生命力というのは、ＲＰＧでいうＨＰとほぼ同じイメージで、怪我を負えば減るし、ゼロになれば死ぬ。

しかし、俺だけは生命力の仕様がこちらの世界の人間とは全く異なるらしい。

どう違うのかを簡単に、……簡単？　にまとめると、
①普段は外付けの装甲としてダメージの肩代わりをしてくれる。

例えば、俺がナイフで斬りつけられたとして、切り傷ができてその分ＨＰが減るのが普通だが、俺の場合はステータス上のＨＰが減るだけで、体そのものは無傷で済む。

うん、この時点で既におかしい。意味分からん。
②生命力がゼロになると普通の人間なら死ぬが、俺の場合は体に傷がつくようになるだけで、死んだりはしない。
③体に傷がついても、ポーションを飲んだりして生命力を回復して操作すれば、傷を癒やせる。

ここが一番ややこしい。

普通の人間なら、体に傷ができる↓ポーションを飲んだらＨＰが回復して傷が治る、といった流れになる。

俺の場合は、ＨＰゼロの状態で体に傷ができる↓ポーションを飲んだらＨＰは回復するが傷は治らない
↓回復したＨＰを操作・消費すれば、傷を治すことができる、といった具合だ。

説明されても意味が分からんだろうが、要はメンドクサイ手間が増えてるってこった。

ただ、手間が増える分だけ回復の効率もいいのか、下級ポーションなんかじゃ治せないような重傷でも治療可能だし、他人の傷も治せるというメリットもある。
④魔力に生命力を混ぜ込むと、ある程度体から距離が離れても拡散しづらくなる。
魔力だけだと数秒程度で霧散してしまうが、生命力を混ぜ込んだ魔力は拡散するまでの時間が大幅に伸びる。混ぜる割合にもよるが、大体数十秒から数分くらいかな。

ただ、距離が離れれば離れるほど出力と精度が下がるのは変わらないため、遠距離攻撃の手段としては心許ないけどな。ぐぬぬ。

……ここまで長々とおさらいをしてきたが、正直言ってすぐに使いこなせる気がしねぇ。

スキルを使える人間なら、そのスキルをひたすら鍛えるようにすればいいから楽だろうになー。

あーもーめんどくせー！　バカに頭使わせるようなことさせんな！

自分で自分の能力のややこしさに腹が立つわ！　マジ不便！

●

修業を始めて半月ほどが経過。未だにレイナは攻撃魔法スキルを獲得できていないが、メニュー曰くあとほんのわずかに魔法を使えばスキルを獲得できるとのこと。

知能の数値が2ほど上がってはいるが、それ以外は特にステータスに目立った変化はない。

MPを枯渇させてから再補給して最大値を上げる方法も試してみたが、成人前の子供はその方法ではMPの最大値を増加させることができないらしい。

多分、最大MPを増やすために何度も長期間意識を失うことで発育に悪影響を及ぼすのを防ぐためにこんな仕様があるんじゃないかと考えられるそうな。

今日は修業の前に息抜きとして、街で買い物と食べ歩きをすることに。

俺とアルマはともかく、単純作業の修業ばっかかさせてると、レイナの精神衛生上良くないし。

「イヤベツニタイシタコトナイッスヨーハハハ」

白目に乾いた笑いで答えるレイナ。うん、もう大分限界っぽいわコレ。休め。

ヴィンフィートの街は今日も賑やかな様子だ。

並ぶ店や屋台を見ているだけでも飽きない。商いだけにゲフンゲフン。

レイナには初日に買った服を着せているが、こうして見るとやっぱかなりの美少女だな。

あの時はアルマの方にばっかり目がいってたからよく見てなかったようだ。

怪しい男とかに話しかけられないか心配だったので、知らない人についていったりしないように事前によく注意をしておいたが、それでも不安だ……。

「なんかこうして注意されてると、なんというか……」

「……なんだ？　お父さんみたいってか？」

「いえ、おかんみたいっす」

「おかん⁉」

「分かる」

「アルマ⁉」

……もう親戚のおっさんとかおじいさんでもいいからせめて男に例えてほしかった。

俺、知らないうちにおかん化しつつあったのか？　まあ最近料理作ったりするのが趣味の一環になりつつあるけどさ。……もういいや。

「……それに、自分の父は……」

「ん、なんか言ったか？」

「……いえ、なんでもないっす」

？　まあいいか。さて、気を取り直して街を散策しますか。

まず手始めに装備屋へ。いや、息抜きの始めが装備屋ってのもおかしい気がするが、後に回すのも面倒だし先に仕事関連の用件は済ませておきたい。

ドアを開け店の中に入ると、女店主が声をかけてきた。

「いらっしゃーい！　あ、カジカワさんか。頼まれてた装備が出来上がってるよー」

「はい、そろそろかと思って受け取りに来ました」

「はいはい、それじゃ試着しましょうねー」

「は、はいっす」

そう言って、レイナを連れて試着室に連れていく店主さん。

レイナを含め、クマの毛皮から革を使った装備を全員分作ってもらっている。

毎回作ってもらう装備が俺は胸当てでアルマは胴当てだけど、胸当てのほうが急所を守れるからいいんじゃないかって言ってみたが、アルマ曰くすぐにサイズが合わなくなってしまうから胴当てにしているとのこと。

未だに成長中ですか。まあアルママママのサイズを見る限りさらに成長してもおかしくないけどさ。

試着が終わって出てきたが、大体想像通りの装備だな。

……肩とか太ももとか、一部スリットが入っているのが気になるが。

全身軽装の黒装束だが、内側にクマの革を仕込んであるので防御力は折り紙付きだ。

街中をこんな格好で歩いていたらかえって目立つだろうけどな。

「注文通りに作ると、ちっと中が蒸れそうだったから一部スリットを入れたりしたけど、これはこれで色気があるねぇ」

「い、色気っすか？　アレっすか、大人の魅力ってやつっすか⁉」

「お、おう……」

嬉しそうにしてるとこ悪いが、レイナの体型じゃ大人の魅力って言うには無理があると思う。

いや、こないだのアルマが着てた黒ワンピースストッキングスタイルと比べるのは酷だけどさ。

「後は、ハイケイブベアの牙から作った短剣だね。とにかく硬くて研ぐのが大変だったよ本当に。大事に使ってくれよ」

「は、はい。……こんなに色々もらっちゃって、返しきれるか心配っす……」

「合計で一一〇〇〇〇エンになりまーす、まいどありー」

「たっか！　そんなに高いんすかこの装備⁉」

確かに高いが、クマの討伐報酬や素材を売ったお金が結構貯まってるので問題ない。

ひと月の宿代の三分の二弱の値段だが、今の稼ぎの状況ならすぐに取り戻せるだろう。

……金銭感覚が麻痺してきてるのは自覚してるつもりだが、六ケタ超えてる買い物を躊躇なくするのは我ながらちょっと思うところはある。

普段着に着替えさせてから店を出て、次は食べ物を売っている屋台を回ってみることに。

前から気になってはいたが、なかなか食い歩きの機会がなかったんだよなー。洞窟の討伐依頼をこなすといつもヘトヘトで回る気力が湧かなかったし。

「お、あのターキーレッグってヤツ美味そうだな、二人はどうだ？」

「……食べてみたい」

「じゃあ決まりだな。すみませーん、三本下さーい」

食べ歩きの上限は大体一人二〇〇〇エンくらいを見ている。

え、高すぎ？　いや、だってこの世界の料理の値段、めっちゃ高いんだもん。

あ、でもうっっめぇ。何この肉、表面カリカリで中はとってもジューシーで塩加減もベスト。香草の香りも肉の味を引き立てる程度に抑えられていて、しつこさを感じさせない。

「美味しい……」

「めっちゃ美味しいっす！　今まで眺めるしかできなかったものがこんなに美味しかったなんて！」

アルマとレイナも感激した様子で食べている。うんうん分かるぞ、美味いよな。もう一本食いたいぐらいだが、ここで腹いっぱいになると後に響くし、我慢しとくか。

これで一五〇〇エンならむしろ安いかもしれないと思うくらいだ。

最初の店でこんだけ美味けりゃ、後の店にも期待が持てるな。さーて、次は何を食おうかなー。

●

あれからしばらく食べ歩きをしているが、脚が疲れてきたのでカフェで一息つくことに。

結論から言うと、最初の店で食ったターキーレッグが一番安くて美味かった。

いや、他の店の飯も美味かったよ？　美味いんだけど、やっぱ高すぎる。

決して味に大きな不満があるわけじゃない。粉物のお好み焼きっぽい料理とかベビーカステラなんかも普通に美味いんだが、どれも数千エンは下らないから財布が……。

「やっぱどの店も高いなぁ。もうじき上限に達しそうだ」

「大体どこの店もこんなもんっすよ。最初に食べた店が安すぎで美味しすぎだっただけっす」

「それでも冒険者たちにとっては手軽に美味しいものを食べられるし、どの店も人気があるみたいだけど」

料理のスキルを持っている人が売っている店が大半で、平均スキルレベルは大体3～4くらい。

簡単な料理くらいなら作れる、といったレベルらしい。俺の料理の腕もスキル換算するとこれくらいかな。

「二人とも俺の選んだものばっか食ってたけど、あれで良かったのか？　食べたいものがあったら遠慮せず言ってくれればいいのに」

「正直、出店が多すぎてどれを選んだらいいか決められなかった。ヒカルが選んだのどれも美味しかったからこれでいい」

「カジカワさんの選んだのが丁度目にとまるものばかりだったんで、満足っす」

気を遣ってくれてるのか本心なのか分からないが、不満ではなさそうだ。

うーむ、この世界の食べ歩きってこんなもんなのかね？　せめて値段がもっと安けりゃしっくりくると思うんだがな。

あと、食べ歩きの途中でやたらセクシーなネエちゃんに絡まれそうになったけど、アルマが睨むとすぐに退散していった。……格好からして、娼館(しょうかん)の営業かなんかか、アレ？

二人のステータスを見てみると、満腹と表示されＳＰも最大まで回復している。

食べていて気づいたが、レイナに比べてアルマのSPの増加具合が明らかに高かった。あのターキーレッグを食った時もレイナが5だけ回復したのに対し、アルマは25くらい回復してた。

《食事によってSPを回復する場合、最大値が高ければ高いほど増加する数値が増える。その代わり、自然に消費するスタミナの割合も増加するので、スタミナの最大値が高くなっても何人前も食べられるわけではなく、また何日も断食しても平気というわけでもない》

え？　それじゃSPの最大値が増える意味なくね？

《スタミナを消費するスキル技能の負担が相対的に軽くなっていくため、無駄ではない》

あ、そういえばSPを消費する技があったな。体術スキルとか。

……ところで、俺のSPの数値が未だにゼロなのはなんで？　最大値はどんどん増えてるのに。

《単に元の肉体が必要としている分を超える食事をしていないためと思われる。こちらの世界に転移して以来、一度も満腹になっていないので食事量を増やせばSPは増加すると推測》

あー、言われてみれば、確かに満腹になるまで食ったことないな。

日本にいたころは不摂生な生活してたけど、その分食べ過ぎないように注意してたんだが、その習慣が残っているのかどうにも必要以上に食いまくるのに忌避感があるんだよなぁ。

下手したらあのデブ貴族みたいにブックブクになりそうだし、あとアルマとレイナより多く食うのはなんか悪い気がするし。

《なお、梶川光流のスタミナはこの世界の生物と仕様が違い、SPを30ほど補給するためには満腹の状態になったうえで、追加でおよそ一人前分の食事量が必要。最大SPが増加しても補給する食事量とSPの増加量の割合は変化しない》

燃費悪いな！　SPを補給するのにそんなに食わなきゃならんの!?

これまで結構な量を食ったのにSPが回復していないってことは、元の肉体分含めてフルに回復させるためには少なくとも四人前以上は食べなきゃならんのか。家計が火の車だ。

《一度SPを補給すれば、スキルの使用などにより意図的に消費しない限りは減少しないので、食事のたびに数人前食べる必要はない》

スキルの使用ねぇ。俺、スキル持ってないのにSPだけ増えても意味あんのか？

いや、魔力だけじゃなくて生命力も直接操作できたんだ。となれば……。

……ちょっと今から多めに食べて検証してみるか。もっしゃもっしゃ。

「そういや、そろそろレイナの攻撃魔法スキルの熟練度も大分上がってきてるし、多分次の修業で獲得できると思うぞ」

「や、やっとっすか……別にしんどくはなかったっすけど、成果が目に見える形で分からないし、穴の中の声が気になるしで精神的にクるものがあったっす……あの声、ホントになんなんすか？」

「ああ、穴の中にいるのはただのハイケイブベアだから、別にそんな怯える心配はないぞ」

「なーんだ、ただの……ってあのでっかいクマじゃないっすか！　普通に怖いっすよ！　自分、アレに二回くらい食べられかけてるんすよ!?」

「その憂さ晴らしとでも思ったらどうだ？　正体分かったことだしこの際楽しんどけ」

「全っ然楽しくないっすよ！」

「ヒカル、レイナをからかうの程々にしてあげて」

「ごめんなさいちょっと意地悪がすぎました」

「アルマさんにはホント弱いっすね……尻に敷かれすぎじゃないっすか？」

アルマがキレたところを見たら誰でもこうなるわ。めっちゃ怖いんだぞ。

「……ところでカジカワさん、さっきからちょっと食べ過ぎじゃないっすか？」

「私はもうお腹いっぱいだけど、ヒカルは足りない？」

「いや、俺もそろそろ満腹なんだけど、ちょっと実験をするために食い続けなきゃ……お、おお？」

「？　どうしたの？」

SP（スタミナ）の補給のためにひたすら食べ続けて、おかわりの皿が空になったところで、体の内側から『何か』が湧き上がってくるような感覚を覚えた。

魔力や生命力によく似た、しかし全く違うものだということがなんとなく分かる。

……メニュー、俺のスタミナの値を表示。

梶川光流　Lv22　SP（スタミナ）：4／102

思った通り、これまでずっとゼロのままだったスタミナの値が増えている。

この湧き上がるような力強いエネルギー、これこそがスタミナなのか。

これも魔力や生命力のように自在に操作することが可能なようだが、このスタミナを使って何ができるんだろうか。後でちょっと検証してみよう。

件のスタミナだが、別名『気力』とも呼ぶらしいので、俺が扱う際にはそう呼ぶように決めた。

この気力を使ってできることだが、極めてシンプルかつ便利というか、戦闘においては下手したら魔力操作よりも重要な要素になり得るものだった。

気力操作によって得られる効果は能力値、つまり『基礎能力の強化』だった。

まず筋力強化。これはイメージしやすいし効果が分かりやすい。

素の状態だと重く感じるダンベルも、気力を腕に集中させるだけで軽々と持ち上げられるようになった。持ち上げている間、ちょっとバランスを崩してよろめきそうになったけど。

腕だけではなく全身の筋肉に気力を集中させると、バランスよく力が扱えるようになりよろめいたりすることはなくなった。その分、気力の消耗も激しいみたいだが。

強化中に能力値を確認してみると、筋力、攻撃力、防御力、素早さ、器用さの数値が大幅に上昇していた。要するにフィジカル全般がバランスよく強化されているということだ。

これだけでも相当有用だが、なんと感知能力も強化できるという便利っぷり。

目に集中すれば望遠鏡のように視力を上げることもできるし、耳の中に集中すれば耳が良くなって、その気になれば一〇〇メートルほど離れた場所に落ちたマッチ棒の音すら聞こえるくらいに――、

「カジカワさんっ!!　ボーっとしてどうしたんすかっ!!」

「痛ッッ！！？」

あばばばばば！！？

欠点としてはよく聞こえすぎて、近くで大きな音が鳴ったりすると耳が超痛いことだ！

現に耳に気力を集中させている間、微動だにせずにいたらレイナに大声で呼ばれてご覧の有様。

やめろ、強化した聴力にその声は効く。やめてくれレイナ。

……抵抗値と幸運値は強化の仕方がよく分からなかった。要検証。

魔力や生命力同様、他人への譲渡も試してみたが、スタミナをそのまま他人に与えることはできないようだ。

カロリーや栄養素をそのまま分け与えるようなもんだし、ぼくのあたまをおたべよ的なことをしないとスタミナの譲渡は無理だなこりゃ。……何それグロい。

ただ、気力を操作して他人の膂力を強化することはできるようだ。気力そのものを与えるのは無理でも、気力由来の強化は可能ってわけか。

ちょっとアルマの筋力を強化してから、剣を振るってみてもらった。

「……軽い。まるで細い木の枝でも持ってるみたい」

「ブンブン振り回してるっすけどそれホントに重いんすか？　ちょっと持ってみても……って重っ⁉　こ、こんなのどうやったら片手で振り回せるんすか⁉」

成人前の子供に、剣士の扱う真剣は重いだろうな。

アルマの細腕で軽々と振り回しているのを見ていると軽そうに見えるかもしれないが、あの剣結構重いし。

「レイナも強化してみようか？　ちょっと手に触れるぞ」

「え？　……う、うわわわわ⁈　なんか体に流れ込んできてるっす！　なんすかこれ⁉　……ってあれ？　この剣、さっきまであんなに重かったのに、今じゃ楽チンっす！　すっごい軽ぃ！」

ふむ、成人前の人間も問題なく強化できるようだな。……あぶねーからあんま振り回すな。

欠点としては、そんなに他人の強化は長続きしないようだ。徐々に強化は弱まっていくし、ＳＰを10～20程度使ったぐらいじゃすぐに効果が切れる。

現段階じゃ基本的に自分の強化にだけ使うのがベストかな。でないとすぐにＳＰが切れちまう。

「これって、補助魔法ってやつなんすか？　強化されるとこんな感じなんすねー」

「……似たようなもんだ」

「カジカワさんって、魔法使いだったんすね。……なんだかイメージと合わないっすけど」

……レイナが成人した時ぐらいに本当のことを伝えよう。ここで下手なことを言うのも危険だし。

気力操作の検証はとりあえずこんなところかな。

さて、俺のほうの検証は済んだし、次は……。

「じゃあ、攻撃魔法獲得のための修業の続きをするか。キビキビ撃てぃ」

「アッハイっす。アーナンテラクナシュギョウナンデショーハハハー」

『……ガルッ……ガフッ……』

死んだ目をしながら、再び穴の中のハイケイブベアに向かって黙々と魔法を打ち続けるレイナ。

んー、やっぱ変化のない作業を続けていると気が滅入るみたいだな。

……そうだ、思い付きだがちょっと試してみるか。

レイナが扱う攻撃魔法だが、発動する直前に掌の中に魔力が渦巻いて、その魔力を核に徐々に石の弾丸が形成されていき、運動エネルギーに変えた魔力で発射する、といったプロセスらしい。

つまり、弾丸を形成する魔力の量で弾丸の大きさが、発射に使われる魔力の量で威力が変わる。

それらの魔力に、俺が魔力操作で魔力を追加で混ぜ込んだらどうなるのか、興味本位で試してみた。その結果――、

「……えっ？」

さっきまでピンポン玉くらいのサイズしかなかった石の弾丸が、ボーリング玉くらいの岩石弾へと巨大化し、さらに弾丸の勢いもさっきまでの軽く倍くらいにまで速くなった。

『ギ、ギャァァァァアアアッ！！？　ガッ……‼』

穴の中から断末魔の声が聞こえた後に、ハイケイブベアのステータスが赤く変わったのを確認。

……あー、頭へモロに当たったって死んだっぽいなコレ。合掌。

「い、今、何が起きたんすか⁉　なんかいつもよりずっと強くて大きい岩が……お、おお⁉」

「ど、どうした？　……おっ？」

俺がイタズラ半分に強化した弾丸を見て呆然としていたが、それとは別に何かに驚いたような顔をしているレイナのステータスを確認してみると、スキル欄に『攻撃魔法Lv１』の項目が追加されていた。

今ので一気にスキル熟練度が上がったらしく、そのまま攻撃魔法スキルを獲得できたようだ。

その証拠に、攻撃魔法付与の首飾りを外しても問題なく魔法を使うことができている。

「攻撃魔法、自分で使えるようになったっす！」

「ようやくか、おめでとさん」

「や、やっと穴の中のクマに魔法を撃ち続ける修業ともオサラバできるんすね、長かったっす

「……」


ゲッソリとした様子で、しかし喜びを噛み締めるように笑いながら呟いている。

これで成人した際に、例の職業を選ぶための準備が整った。

……さて、残りの日数が思ったよりも余裕があるわけですが、その間この子に何をさせるかノープランなんですが。どうしよう。

●

レイナの誕生日、すなわち成人を迎える日まであと十日。

現在、三人でお買い物の真っ最中。今日もヴィンフィートの街は平和です。ヴィンフィートは。

朝刊を見ると、ダイジェルの方でなんかマルダニアの魔具屋って店が、何者かの襲撃を受けて採掘用の大型魔道具を強奪されたりしてるらしい。

あと、スタンピードが過ぎた直後の街に魔獣のテリトリーとは全然別の方向から魔獣の大群が襲ってきて壊滅しかかった街がいくつかあるとか。

怖いわー物騒だわー。ここもいつこういったトラブルが訪れるか分からんし、やっぱ地力を急いで上げる方針でいかないとまずそうだ。

俺とアルマはそこそこ強く、いやまだまだ未熟者の域は出ていないけど、とりあえず駆け出し卒業くらいの実力は身に付けつつあると思う。

レイナのほうは成人するまでもう少しかかる。それまで生産職と大差ない戦闘能力しかないから、トラブルに巻き込まれたりしたら自衛すらままならない。魔獣や魔族に襲われたりしたらそれだけでアウト。

過保護すぎるかと思うかもしれないが、現状の世界情勢を見るとトラブルに巻き込まれる可能性は今日、今この瞬間にもありえることだ。

……ちと早いが、もう俺たちのことを伝えてしまうべきかな？　でもなー、そうなると俺らのパーティに入る以外の選択肢をとってもらうと困るしなー、どーすっかなー。

アルマもレイナのことめっちゃ可愛がってるし。つーか、俺よりアルマと仲良くしてることのほうが多い。年齢も近いし女同士だし当然っちゃ当然だが。

アルマが面倒を見てる姿をはたから見ていると、まるで姉妹のようにも思えてくる。

成人するまで何事もなきゃいいが、そう思ってるのに限ってなんか起きたりするんだよなー。

「ようレイナ、随分と小綺麗になったもんだな、ああ？」

「……ひぅっ」

……ほら、こんな風に。

店を見ながら歩いていると、横から急に誰かに話しかけられ、その拍子にレイナがか細い悲鳴を上げた。

声の方を向くと、酒瓶を片手に白髪で小汚い格好をした男が、酔っ払ってるのか顔を赤くしながらこちらを向いている。……というか、よく見たら片手しかない。

左手が肘までしかないが、魔獣にでも持っていかれたのかな。

ステータスを見ると『ギルカンダ　身体欠損：左手』と表示されている。

年齢は四十一、Lv29、職業短剣剣士、短剣術スキル6。中堅の戦闘職ってとこか。

心なしか、年齢の割にレベルが低いように思える。

声をかけられたレイナの方を見ると、みるみる顔色が悪く、息が荒くなっていっている。

「あ、あん、たは」

「あんた、だぁ？　テメェ、誰にそんな口利いてやがんだっ‼」

激昂（げっこう）しながら、空になった酒瓶をレイナの顔に向かって投げつけてきた、危ない！

咄嗟にレイナを庇（かば）って酒瓶をキャッチ。……けっこうな勢いで投げやがったな、コイツ。

当たりどころが悪かったら最悪死んでたかもしれないぞ。

「なんだテメェは！　邪魔すんな！」

「あぁ⁉　お前こそいきなり何してんだ！　当たったら大怪我してたかもしれねぇんだぞ！」

「か、カジカワ、さん」

レイナの方を見ると、今にも泣きそうな顔で男の方を見ている。

いったいこいつは誰だ。……レイナになんの用だ。

「何してんだってぇ？　親が自分のガキをどうしようと勝手だろうが。他人が余計な口挟んでんじゃねぇよボケが！」

……は？　親？　こいつ、何言ってんだ……？

「……レイナ？」

「あん、た、………あんたなんか、親じゃないっ‼」

涙を流しながら、怒りに顔を歪（ゆが）めレイナが叫んだ。

「魔獣に左手食われて、それを治そうともせず自分でなんの努力もせず酒に溺れて、それでも必死に支えてくれていたお母さんをいびり倒して……！」

憎しみの籠った目で白髪男の顔を睨みながら、恨み言のように言葉を続けている。

「その挙句、自分の娘を売りに出して得た金で体を治して、一人だけ幸せになろうとしたゴミ野郎なんか、私の父親だなんて認めない！　今さらなんの用⁉　孤児院に逃げられて、お金を手に入れ損なった恨み言でも言いに来たのかっ‼」

……うわ、マジかよこの酔っ払い。

スラムで一人暮らしをするまでは孤児院にいたっていうまでが、俺が知っているレイナの過去だ。

それ以前の過去は、自分から話そうとしない限りこっちから追求しないようにしていたが、これは聞くべきだったのか聞かなくて正解だったのか……。

てか、『体を治して』？　もしかして、金さえあれば身体の欠損すら治せるのかこの世界は。

「知ったような口利くなクソガキが！　誰のおかげで生まれてこれたと思ってんだ！」

「お母さんだよ！　あんたの血が半分でも流れてるかと思うと、気持ち悪くて今にも吐きそうだよ！　もう私に関わるなっ‼」

いつもの口調はどこへやら、激昂しているためか妙な語尾を付けずに自分のことも『私』と呼んでいる。多分、コレがレイナの素の口調なんだろう。

「……はっ、そりゃ無理だな。こちとらお前を売る金を担保に金借りてんだ。お前見つけるのにどんだけ時間と金かけたと思ってやがる」

「知るか！　目玉でも内臓でも無駄に残った右手でも売って、自分で返せバカっ‼」

「あ、おい！」

そう言いながら、レイナが酔っ払いに向かって殴りかかっていった。急に走り出したから止めるのが遅れちまった。

「ぐぅっ……!?」

「はははは っ！　効くかよ馬鹿が！」

精一杯の勢いで顔面に向かって殴りかかったが、殴った顔はちっとも痛そうに見えない。逆に殴った手のほうが痛そうだ。

当たり前だ。成人前のレイナと仮にも戦闘職の中堅クラスじゃ、ステータスに差がありすぎる。

「殴るってのはな、こうすんだよ！」

そう言いながら、今度は酔っ払いがレイナの腹を殴った。

「がぁあっ！………くぅっ……！　ふ、ふぐっ、うぅぅっ……！」

「はっ、一発軽く殴っただけでベソかきやがって。テメェが俺に逆らおうなんざ無理に決まってんだろうがぁ!!」

痛みに悶えているレイナに向かって、さらに蹴りを浴びせようと振りかぶったが、止まった。

「やめろ」

「なっ……!?」

「これ以上、レイナを傷付けたら斬る……！」

アルマが、これまで聞いたこともないような冷たい声を発しながら、首元に剣を突きつけていた。

その間に俺はレイナの方へ向かい、生命力譲渡による治療を施した。

「……まだ痛むか？」

「い、痛くなくなった……けど……」

「……悔しいか？　……殴ってやりたいくらいムカつく相手に傷一つ負わせられないのが、逆に殴り返されただけで泣いちまう自分が、情けなくて悔しいのか？」

「……ぐ……ぐや、……ぐやじいっす……ぅ……！」

歯をギリリと軋ませ、涙を流しながら嗚咽交じりに答えた。

「そうだよな。なんであいつに敵わないんだろうな？　それはお前が弱いからだ」

「！　ヒカル……？」

あえて冷たい言い方をする俺を咎めるようにアルマがこちらを向いたが、かまわず言葉を続けた。

「成人してないから仕方ない？　そりゃ確かにそうだ。けどな、周りの状況はお前の都合に合わせてくれるとは限らない。目の前の酔っ払いオヤジがいい例だろ」

「……」

本当はこの後『成人して立派な職業になって見返してやれ』とか言うのが綺麗な励まし方なんだろうけどな。

でも、レイナを殴ったこのクソオヤジを放っておくつもりはないし、レイナもこんなやつに付きまとわれるのは嫌だろう。たとえ肉親でも、やっていいことと悪いことがある。

だから、この後にどうするかはレイナに任せることにした。

「今すぐあいつに一矢報いたいのなら力を貸してやる。だが覚悟しろ。今、俺に頼るつもりならお前は成人した後、俺とアルマのパーティに入ってもらう」

「えっ……？」

「ソロで活動したり、他のパーティに入ったりすることは許さない。それでもいいなら今すぐお前に『強さ』を貸してやるが、どうだ？」

なんかある意味あの酔っ払いクソオヤジと言ってることが大差ないように思えるな。

『今すぐに仕返しをしたいのなら、お前の人生を俺に寄越せ』って言ってるようなもんだし。この状況を利用してレイナをパーティに強制加入させようとするとか我ながらかなりゲスい。

でも、この子を放っておいたらこのクソオヤジとかに絡まれた時に自衛できるか心配だし、自立させようにも最低でもこのオヤジを単騎で打倒できるくらいまで鍛えてからじゃないと不安だ。

「……あの、なんかシリアスに言ってるとこ申し訳ないんすけど、自分に全然デメリットがないように思えるんすけど」

……あら？　なんか泣き止んでるうえに、サラッと受け入れようとしてないかこの子。

「……まあいいや。で、どうすんの？　このオヤジ、このままほっとく？　それとも今すぐボコる？」

「……ボコるっす」

はい、契約成立。気力をレイナの全身に送り込んで、強化。

レイナの全身の筋肉やら骨やら神経やらをありったけの気力で強化してやった。

「……ものすごい力が流れ込んでくるっす……！　この補助魔法の力があれば、あんなやつ……！」

「言っとくが、補助魔法じゃないぞ。俺はスキルなんか使えないからな。まあ、今はそんなことどうでもいいだろ。さっさとやっちまえ」

「え？　な、なんかサラッととんでもないこと言ってたっすけど……それよりもっ！」

「な、何をしやがる気だ！　なっ、は、速──」

ゴスッ!!　と重い打撃音と共に、レイナの足の爪先が酔っ払い親父の局部に突き刺さった。

「かっ！　かがあぁぁぁがはあぁあこあっ……？!!」

意味不明な呻き声を上げながら、酔っ払いが股間を押さえながら床に突っ伏した。

……やりおった。あの股間蹴り、教えたの絶対アルマだろ。

もしかしたら、最初っからあそこを狙えば気力で強化しなくても効いてたんじゃないか……？

「これはお母さんの分！　これは売り飛ばそうとした分！　これはさっき殴られた分っす!!」

ゴスッ！　ゴスゥッ!!　ゴシャァプチュッ!!　と、嫌な音が辺りに鳴り響いている。

「へぎゃぁっ!?　おぶほぅっ!?　お、ああ、あぁ……!!！」

やめて！　やめたげて！　やめたげてよぉ!!

てか、プチュって！　今プチュって！　鳴っちゃいけない音がしてたんだけど!?

アホほど強化された攻撃力で、なおも急所を蹴りまくっている。容赦がまるでねぇ！

酔っ払いのほうは涙やら涎やら鼻水やら垂れ流しながら、苦悶の表情で意識を失ってしまった。

……同情の余地は微塵もないが、自分が同じ目に遭ったらと思うとゾッとするな。

「はぁっ、はぁっ、はぁっ……………思い知ったか、クソ親父……！」

「……気は済んだか？」

「レイナ、大丈夫？　まだ時間はあるよ？」

アルマ、さりげなく追撃の催促をするのはやめなさい。鬼か。

「……もう気は済んだっす。本当はお母さんに頭でも下げさせてやりたいところっすけど、こんなんにも反省してないやつに今さら謝らせたって、お母さんに迷惑かかるだけっす」

「母親がいるのか？　確か前に『家族はいない』って言ってただろ？」

「こんな無駄に複雑な家庭の事情、あんまり話したくなかったんすよ。話しても『母親のところに帰れ』とか言われるだけっす」

「お母さんは、元気なの？」

「一応、元気みたいっす。貴族に売られる前に孤児院へ逃がしてくれた後も、こっちのことを心配してるみたいっすけど、時々手紙でやり取りしてるから大丈夫だと思うっす」

話を聞く限りじゃ、どうやらレイナの母親はあの酔っ払いからレイナを守るために、孤児院へとこの子を逃がしたようだ。

母親のほうはまともっぽいが、一緒にいられない状況が続いているのは気の毒だな。

「それでも、たまには会ってあげたほうがいい。レイナも、本当は会いたいでしょう？」

「……分かってるっす。でも、今戻っても、この親父に見つかってしまうから、帰れなかったっす」

「なら、成人した後にでも会いに行けばいい。俺たちとパーティを組んで、冒険者として立派にやってるって伝えてやれば、少しは心配も薄れるだろ」

「……自分なんかが、お二人のパーティに入っていいんすか？」

「入ってもらわなけりゃ困る。お前は俺の秘密を聞いてしまったからな」

「ひ、秘密ってなんすか？　ドサクサに紛れてなんか言ってたのは聞いてたっすけど、もしかしてけっこうやばい情報だったりしたんすか!?」

「ああ。こいつをブタ箱に放り込んで宿に帰ってから、じっくり教えてやる。お前が何を聞いてしまったのかをな。ふふふ……」

「こ、怖いっすー!!」

ヘヴィな過去を暴露したせいでギクシャクするかと思ったが、大丈夫そうだ。無理をしている可能性も否定できないが。

さて、もう後には引けん。こうなったら俺たちの事情を話してから、徹底的に鍛えて魔力操作と気力操作を習得させて自衛くらいはできるようにしてやる。

●

あの後、酔っ払いオヤジを衛兵の詰め所に連行して、一旦牢にぶち込んでもらうことに。

執拗に急所を蹴られて不能になった影響か、意識が戻ってからもあまり暴れたりはしなかった。

詰所で『自分はレイナの父親だ、その黒髪二人から娘を取り戻しに来ただけだ』とかほざいていたが、その娘を売りに出そうとしたことを口にしていたり、レイナを殴ったりしていたのを目撃していた人が何人もいたから、信用されなかったようだ。

レイナ本人も父に対して激しく嫌悪感をあらわにしていたので、こちらの言い分が通ったのは当然だろう。

まあ、正当防衛にしてもやりすぎだと衛兵にレイナが少し注意されていたが、それ以外は特に問題なく事を済ませることができた。

酔っ払い親父はしばらく監禁されることになった。レイナに腹パンした以外にも色々余罪があったらしく、内容次第では数年ほど牢で暮らすこともありえるとか。

重いような、軽いようなどうもはっきりしない罰だが、こんなやつに構ってても時間の無駄だしもういいか。

宿に戻り夕食を済ませてから、俺の部屋にアルマとレイナを呼んで今後の相談をすることに。

部屋に二人を入れる時に他の客からジロジロ見られていたけど無視。別にいかがわしいことしてるわけじゃないし。

「二人とも座りなよ。立ったままじゃだるいだろ」

「……はいっす」

アルマとレイナがベッドに座る。

……いや、ホントにいかがわしいことするわけじゃないからね？　そんな緊張せんでも。

「レイナ、あれで良かったのか？　あんなのでも一応、父親なんだろ？」

「……はい、もういいっす。父親『だった』人だけど、今はもう顔を見るのも嫌っす。和解なんか真っ平御免っす。これまであいつがしてきたことは、思い出したくもないくらいひどかったんすよ。憎しみは山ほど残ってるっすけど、関わらないでいてくれるならもうそれで十分っす」

「……そうか」

やっぱヘヴィだわー。話が重い、重すぎる。

この話題あんまり引っ張っても気分が重くなるだけだし、さっさと本題に入るか。

……ってアルマ？　いきなりレイナをハグしてるけど、何してるの？

「……つらかったら、遠慮せずに言えばいい。自分一人で抱え込む必要はない」

「あ、アルマさん……」

「なんでも一人で解決しようとすると、ヒカルみたいに無茶を繰り返すようになるから、頼る時は頼って」

「……ありがとうっす」

涙目になって、レイナが抱き返した。尊い……。俺がさりげなくディスられてるのはともかく。

「あー、で、本題入るけどいいか？」

「は、はいっす」

ちょっと気まずいけど無理やり話を本筋に戻した。

「あの時はああ言ったが、俺から聞いたことや強化されたことなんかを全部忘れて、他言しないと誓うなら別にレイナを縛り付けるつもりはない。前にも言ったと思うが、君の将来は君のものだ。まだ今なら引き返せるぞ、どうする？」

「……」

レイナは黙ったままこちらを見ている。

んー、流石に即決するのは難しいか。

「何も、今すぐ答える必要はない。成人するまで時間はあるし、答えを出すのはもう少し育ってからでも――」

「誓えないっす」

話している途中で、レイナが口を開いた。

「もしも、お二人のパーティに入れてもらえないって言うなら、これから会う人全員にカジカワさんがスキルを使えないことや、他の人のステータスを強化できることを言いふらすっす」

「ちょ、れ、レイナ……？」

「だから、雑用でもなんでもするっすから、お二人のパーティに入れてほしいっす。でないと面倒なことになるっすよー？」

……あろうことか、こちらを脅迫してきおったよこの子。いやおふざけ半分だろうけど。思った以上に逞しいなオイ。

「お二人ともすごく優しいっすから、自分の将来のことを真剣に考えてくれてるのは分かるっす。だから、自分にとって一番進みたい道は、お二人と一緒に冒険することとっす」

「……もう後には退けないぞ。それでもいいのか？」

「望むところっす」

「じゃ、十日後に成人した時にパーティメンバー登録に行くか。改めて、よろしくなレイナ」

「は、はいっす！　よろしくお願いしますっす！」

「そうと決まれば色々話しておくことと、お前がしなければならないことを話そうかフフフ」

「ひっ、な、なんか顔が怖いっすよ!?」

「ヒカル、無駄に怖い顔するのやめて」

コワクナイヨー。ホントホントシンジテイイヨー。

冗談はともかく、レイナがパーティに加入すると決まったらこちらも洗いざらい話すとしますか。

後に退けないのは俺も一緒だな。

覚悟を決めろよ、俺。仮に裏切られたりしたら面倒なこと山の如しだぞー。

●

レイナに、これまでの俺たちの経緯をかいつまんで話した。

ダイジェルでしばらく活動していてこないだスタンピードに巻き込まれた話とか、デブ貴族ぶん殴って面倒なことになる前にこの街に逃げてきたこととか。

あと俺が異世界から来た人間だということ、スキルが一切使えないこと、でも代わりに魔力、生命力、気力を直接操れることとなんかも全て話した。

「……正直信じられない話ばっかりなのに、カジカワさんたちのことだと言われるとなんか真実味があるっすね」

「あと、さっき話したスタンピードの時の飛行士っていうのは俺だ。魔力操作やってるうちになんか空飛べるようになったから正体隠して参加させられました」

「なんか空飛べるようになったってなんすか!? 流石にそれは信じられな……!?」

レイナの目の前で寝そべったまま宙に浮いてみせると、口を開いたまま硬直してしまった。

……まあ、そういうリアクションになるよね。

「ほら、ホントだろ？　まだ信じられないようなら、もっと広い場所で飛び回ってやろうか？」

「えええええ……どうなってるんすかそれ。カジカワさんが常識破りなのはもう嫌と言うほど分かってたつもりっすけど、流石にそれはちょっと……」

「うん、もう意味が分からないよね。私も初めて見た時はもう笑うしかなかった」

あれ、アルマの初笑いってその時だったのか。パーティ結成時の時とばかり思ってた。

……なんだこの絶妙に残念な気持ちは。

「初めて飛んだのはブレードウィング倒した時だっけ、今ならあの状況になってもスパークウルフの角なしでも楽勝だろうな。いや思い出話はまた今度だ。それで、空を飛べるようになれとまでは言わんから、今後レイナには自衛ができるように魔力と気力の直接操作を習得してもらう」

「……へ？」

「修業はまだ終わっていないってことだ。職業を選ぶためのスキルはもう十分だが、肝心の戦闘能力が弱すぎる。成人前だから仕方ないんだろうけど、今のままトラブルに巻き込まれたりしたら危ない。成人しても初めの頃のステータスは今と大差ないしな。なら多少反則をしてでも自衛のための力を早く身に付けてもらわなきゃならん」

「ヒカル、実戦経験のないまま大きな力を身に付けても、本当に強くなったとは言えない」

「だな。だからそれらの修業に加えて俺やアルマと組手の修業もしてもらう。今までの修業よりずっとハードだが、耐えられるか？」

「耐えられないと、生きていけないんすよね。なら選択肢は『はい』としか言えないっすよ」

「よく分かってるじゃないか。というわけで、明日から死なない気で頑張りましょー。おー」

「おー」

やる気のない声を出しつつ手を上げると、アルマもノってきた。なおレイナは呆れ顔な模様。

「なんすかそのテンションは。てか死なない気って、死ぬ気でじゃないんすか？」

「死ぬ気でやりたいなら別にかまわんが、気力操作のほうは加減を間違えるとマジで死ぬから程々にしといたほうがいいと思うぞ」

「思ったより死が身近な修業なんすね⁉ 自分、なんか急に怖くなってきたっす！」

気力操作は気力が尽きた時から飢餓状態に陥り、徐々にＨＰが減少していき長時間その状態が続くと死に至る。

ただ、一旦気力がゼロになっても自動的に体が体脂肪なんかを消費して、徐々に気力を回復させるらしいから、そうそう簡単に飢え死にすることはない。

一通りの話を済ませたので、さっさと就寝し、次の日。

現在、魔獣洞窟の比較的魔獣が少ないエリアで、アルマとレイナの手をつないで二人の気力操作の修業を手伝っています。まるでバスケかなんかで試合前の円陣組んでるみたいでシュールだ。

魔力操作に比べると、気力操作のほうは比較的習得が容易だと思う。

魔力操作は明確なイメージが必要だが、気力操作は割となあなあな操作で大丈夫みたいだ。

いや、魔力や生命力の操作も割といい加減な運用してるけどさ。深く考えすぎるとかえって操作がおぼつかなくなるからこれでいいんだろうけど。

「ん、操作の仕方、大体分かった」

「はやっ⁉ 自分、まだ全然上手く操れないんすけど！」

「アルマは魔力操作を習得済みだからな。気力操作も近い要領でできるから、レイナに比べて早くできてもおかしくないさ」

「この調子で、ヒカルが使ってる生命力の操作も習得したい」

魔力操作と気力操作を取得したから、そのまま生命力操作も使いたいってか。

アカン。生命力操作ってのは、魔力や気力の操作にはない重大なリスクがあるんですよ。

「ダメ。あれ、俺以外の人が使うと寿命が縮むらしいから」

「!?　何度か使ってるみたいだけどヒカルは大丈夫なの!?」

「ああ。俺はステータスに表示されてる生命力が体と連動してないから、HPが減っても痛くもかゆくもないよ。でも仮に俺以外の人が生命力を操作して傷を治したりしたら、痛みを感じない刃物で体中の肉を抉って、その分傷を治すようなもんだから、絶対どこかで体にガタがくる」

「生命力が減っても問題ないって、やっぱカジカワさんはおかしなことばっかりっすねー……」

やかましい。自分でもおかしいことくらいもう嫌と言うほど分かっとるわい。

「魔力操作より、気力操作を優先して覚えたほうがいいのはなんでっすか？」

「あー、魔力操作は気力操作に比べてちょっと難しいんだ。あと、今のレイナの魔力量じゃできることが少ないし。それに比べて気力操作は一時的にとはいえ少ないコストでかなり能力値を上昇させることができるから、ヤバそうな相手から逃げるのには有効だと思うからだよ」

「逃げることが前提なんすか……」

「少なくとも成人するまではまともに戦おうだなんて思うな。正直に言って今のレイナじゃLv１のゴブリンといい勝負だ。複数のゴブリンに囲まれたらそれだけでもうヤバいぞ。めっちゃ怖いんだぞマジで」

「カジカワさん、囲まれたことあるんすか?」

「うん、超怖かった。今でもトラウマだわあれ。アルマが助けてくれなきゃあん時死んでただろうな。あの時点だと能力値全部ゼロだったし」

「それでどうしてゴブリンを殴り倒せるのか、あの時はものすごく不思議だった」

「自分はカジカワさんの今が不思議でたまらないっす……」

「人を化け物か変人みたいに言うのはやめなさい」

「違うんすか?」

「あー、奥の方にハイケイブベアが三頭ばかしいるみたいだが、気力操作の修業の一環でそいつらと追いかけっこでもしてみるか? 危機的状況に陥れば習得も早くできるだろ多分」

「ごめんなさいごめんなさい!!」

益体のない会話をしながら修業……修業? を進めているが、習得できるのはいつ頃なのかね。

魔力操作はまだしも、気力操作は早めに習得させておくべきだろう。習得があまりにも遅い場合はちょっとスパルタでいくことも考えよう。

「あ、ハイケイブベアが一体こっちに近づいてるっぽい。こりゃ気力操作習得しないと逃げ切れないだろうなーどうしようかなー」

「ひぃぃ!? もうクマと追いかけっこは嫌っすー!!」

絶叫しながら全速力、否、それすら超えた勢いで爆走するレイナ。はっや。

ってお? 悲鳴を上げながらも気力で身体強化をできてるじゃないか。この子もなかなか見どころがあるな。

「そうそう、そのまま強化を維持して走り続けろー途中で足止めたら死ぬぞー食われて死ぬぞー」

「嫌ああああ!!　そうなる前に助けてくださいっすー!!」

「レイナ頑張って、力尽きても骨は拾う」

「アルマさんまで悪ノリしないでくださいっす!!」

「ハハハガンバレー」

よしよし、思ったより早く気力操作は習得できたな。

さて、気力を消費して腹減っただろうし、クマ魔獣をなんとかしたらお昼ご飯にしますか。

●

あれから数分ばかし走り続け、レイナが追いつかれる前にクマを撃退して、一息ついたところで昼食タイム。

レイナは泣きながら昼食のカツサンドを食べている。そんなに美味いかー嬉しいなー。

「グスッ……いや、めっちゃ美味しいっすけど！　泣いてる理由はそれじゃないっすよ！」

「…ヒカル、いくらなんでも助けるのが遅すぎる。一歩間違えば危なかった」

「すみませんでした」

即土下座。え、プライドはないのかって？　ない。そんなものはない。

「………もういいっす、意地悪のお詫びにおかわりを要求するっす」

「はいどうぞ。パンの中の肉は揚げたてだから、火傷（やけど）しないようにな」

「わあ美味しそう、ってていやなんで調理もしてないのに揚げたてのお肉があるんすか？　てか、今どっから出したんすか⁉　手の中に突然現れたように見えたんすけど！」

「これも『メニュー機能』の一つだ。俺が持ち上げた物は、『アイテム画面』っていう無限に物を入れられる画面の中に収納できるんだ。中に入れた物は時間経過の影響を受けないから、アツアツのカツサンドを入れておいて、取り出した時には出来たてのメシを美味しく食べられるってわけ」

「……スキルが使えないとか言ってたっすけど、その機能のほうがスキルなんかよりずっと便利じゃないっすか。詐欺みたいなもんっすよ」

それはそう。概ね同意する。

「さて、気力操作を習得できたから、メシが済んだら次は魔力操作、といきたいところだが、今日のところは軽く組手をするだけにしておこう」

「え、なんで？」

「まずは気力操作を実戦で使えるぐらいまで鍛えてもらう。魔力操作は実戦で使えるようになるまでには少し時間がかかるだろうし、気力操作なら短期間でも護身術程度の運用はできるようになると思う」

「逃げられなかった時の最終手段ということなの？」

「まあな。戦闘職の人間とか魔獣相手じゃ心許ないだろうけど、ないよりマシだろ？」

「最終手段を使う日が来なけりゃいいんすけど……」

俺もそう思う。少なくとも成人した後、見習い卒業するぐらいまでは対人戦は控えてほしい。弱い魔獣相手ならともかく、人間相手は勝手が違う。魔族なんて論外だ。

まあ俺も言うほど対人戦なんかしたことないけどな。デブ貴族の護衛の二人くらいしかない。

仮に対人戦になった場合に格上相手に使える手札が欲しいし。現時点でレイナが持っている手札はレベルの低いスキルと気力操作くらいだ。

あとハイケイブベアの牙で作った短剣。攻撃力がアルマのミスリル刃の鋼鉄の剣と同等って強すぎでしょ。そろそろアルマの武器も買い替えるべきなのかねぇ。でも資金がなー。

食休みが済んだ後、手始めに俺と組手をしてみることに。

組手といっても、技を一つ一つ確認するような本格的なものではなく、ほとんど喧嘩ごっこみたいなもんだが。

レイナには短剣を装備させて、俺は素手。

正直怖いが、全身に魔力の緩衝材を纏わせてる上に外付けＨＰがあるから怪我はしないだろう。

あと、俺がレイナに攻撃する時も柔らかめの魔力を纏わせておくので、痛みやダメージはほとんどないはず。

アルマとの組手の際は木剣を使ってお互い傷付かないようにしてもらう予定だ。万が一怪我しても俺が治せるから多分大丈夫だろう。

「カジカワさん、なんかアドバイスとかないんすか？」

「いや俺は拳法家でも短剣術使いでもないし、自分で感覚を掴んでもらうしかないんだが……」

「さっきからこっちが攻撃当てても手応えがないし、時々なぜか弾かれてるんすけど」

「あまりにも分かりやすい攻撃は、魔力で弾き返すようにしてる。チャンスだと思っても愚直に攻撃するだけじゃ防がれるだけだと思うし、フェイントを交ぜたりここぞという時に気力操作で素早く強力な一撃を当てるとか、なんなりと工夫しないと」

「そうっすか、さっそくスキありぃっ！」

例のアルマ直伝急所蹴りを放ってきたので、避けるのと同時にレイナの額へデコピンで反撃。

スパァンッ！　と小気味いい音が響いた直後、レイナが額を押さえて叫んだ。

「あいったあぁぁあっ!?」

「あと、魔力で守られてて効かないからって金的を狙ってきたら問答無用で魔力のクッションなしのデコピンを食らわせます。……てか、マジでやめろ。怖いから。多分まともに食らったらＨＰごっそりなくなっちまうから」

「い、痛いっす……デコピンの威力じゃないっすよコレ……！」

「これでも大分手加減してる。今後、金的を狙うたびに威力を上げていくからそう思え」

「……これからは控えるっす……」

基本的に痛くないし、怪我もしないし大分甘々な修業だが最初はこんなもんでいいでしょ。

…まあそのうち痛みを伴う修業も必要になってくるだろうが。レイナも、アルマも、俺も。

やだなぁ。でも実戦だと痛いのが当たり前だしなぁ。我慢するかー。あーやだやだ。

●

今日のところは俺との組手をするだけで終了。

合間に休憩がてら、スタミナ補給のために食事しながらやっていたが、それでも気力操作を交えて組手をしているので、ＳＰの最大値が低いレイナはすぐにスタミナ切れになってしまう。

「ううう……お腹が空いてるのにお腹が張ってて気持ち悪いっす……はっ、これが食べづわりというやつっすか⁉」

「タチの悪い冗談はやめろ。……スタミナが減ってて胃の中が満タンだとそうなるのか。ある程度時間が経ったら、胃の中のモノが消化吸収されてじわじわ回復するみたいだから我慢しな」

って、メニューさんが言ってます。つーか食べづわりってなんやねん。

……あれ？　そうなると俺の腹ってどうなってんだ？

こないだ軽く五人前くらい飯を食っても腹が膨らんだりしなかったし、何より食った直後にＳＰが回復してたんだが。まるで飲み込んだ瞬間に飯を消化吸収したみたいだった。

……我ながら自分の胃袋が怖くなってきたんやが。

そして、次の日。

午前中は気力操作で何ができるかを三人それぞれで試してみる。

レイナは少ないスタミナを燃費良く運用するために、瞬間的に必要な時だけ気力による強化をすることで消費を最小限に、効果は最大限に活かすようにしている。

うんうん、その使い方は俺も見習うべきだな。あんまスタミナ消費すると食費がバカにならんし。

アルマは基本的な使い方は習得できたようなので、今度は気力操作によるスキルのアレンジを試しているようだ。俺、スキル使えないから参考にならないんですけど。

アレンジを試すのはスタミナを消費する【体術】スキル技能のようだ。

高速移動する技や二段ジャンプをする技なんかがあるようだが、気力操作でどんな技に化けるのか、楽しみな反面ちょっと怖い……。

上手く強化できれば、体術スキルを使えるアルマとレイナには大きな力になるだろう。俺は使えないけど。俺は使えないけど。大事なことなので二回言いました。ファッキン。

俺のほうは気力を使って、集中的に体を強化するのを試してみることに。

全身を強化するイメージから、右腕にその力を集中、さらに掌に範囲を縮め、最終的に中指にその全気力を集中させて強化。

右手の中指に凄まじい力が集中されているのが分かる。

試しに洞窟の壁を中指でなぞってみると、まるでショートケーキの上のホイップクリームを指ですくうように、簡単にめり込んでしまった。

ちょっと書きづらいけどそのまま壁に落書きとかできるくらい容易く引っ掻(か)けるな。

あと、その辺に落ちてた拳大の石を拾い、軽く上に放ってから、強化した指でデコピンしてみた。

パンッ！　という音がして、デコピンが当たった石はサラサラと粉状になって散ってしまった。

……遠くへ飛ぶか、あるいは砕けるかのどちらか、かと思ったら粉になった。何これこわい。

それを見ていたレイナが顔を青くして、アルマは顔を引きつらせてる。そんな顔せんでも。

「すいませんもう急所は狙わないからそれを自分の頭に向かって使うのは勘弁してください死んじゃう絶対死んじゃうっすごめんなさいごめんなさいゴメンナサイ」

「……ヒカル、それ絶対人に使っちゃダメ。首から上がなくなる」

「使う予定はないよ。……きっと」

「「きっと!?」」

相手が悪くて、イラっとしたらつい使ってしまうかもしれない。……いや流石に冗談だ。

俺だって目の前でそんなスプラッタな光景おっぴろげたくないし。

「流石カジカワさん、こっちの予想や発想を軽足で超えてくるっすね……」

「ヒカルが常識を無視するのはいつものこと。そのうち慣れる」

「言いたい放題言ってるけど、二人も普通の人から見たらもう十分常識から外れてるからな」

「そ、そんなこと……」

「……否定できない自分が怖い」

「ようこそ、こっち側へ」

「こっち側ってなんすか!?　人を勝手に変態の道に引きずり込まないでくださいっす！」

強化した指で空中をデコピンしてみるとバチィン！　バチィンッ！　と派手な音が鳴った。

こんな銃声みたいなスナップ聞いたことない。

「誰が変態だって？」

「すいません言葉の綾っす」

よろしい。　さて、気力操作の修行も一段落ついたし昼食にするか。

昼食が済んだ後、今日はアルマとレイナで組手をすることに。

アルマは木剣、レイナは木の短剣を装備させている。ステータスに差があるとはいえ流石に普段使いのナイフを使うのは危ない。俺なら魔力で防御できるから問題ないんだが。

レイナはとにかく懐に入ってリーチの不利をなくし、逆に剣が有効に使えないように立ち回ろうとしている。

それに対してアルマはレイナが踏み込んだ分だけ引いて剣が届いて短剣が届かない距離を維持し続けている。

「むがーっ！　なかなか踏み込めないっすー！」

「焦らないで。直線的に距離を詰めようとしてもその分後ろに引かれてイタチごっこになるだけ。相手を壁際に追い詰めるように立ち回ったり、逆に自分から引いてみて様子を見たりするのも手の一つ」

「あと相手を挑発して攻撃を誘発させて、全力でその攻撃を避けて隙を作って攻撃するとか」

「口で言うのは簡単っすけど、やってみるのは超難しいんすけど！」

「ええと例えば、レイナどこもかしこもちっちゃいし、明日の昼食はお子様ランチでいいかなー」

「だ・れ・が、挑発のレクチャーをしてほしいなんて言ったっすか!!　普通に失礼なだけっすよそれ！」

「うわ、短剣投げんなよ！　危ないだろ！　てかこれ熊牙のほうの短剣じゃねーか！」

などと愉快なやりとりをしながら今日も今日とて修業中。え、レイナにとっては不愉快だって？　せやな。

レイナがダウンしたところでお開きにしようとしたが、アルマがこちらを見ながら口を開いた。

「まだ余裕があるし、ヒカルとも組手をしてみたい」

「……いいよ。普段使ってるほうの剣を使いなよ」

「怪我しない？　成人前のレイナ相手とは違うから危ないよ」

「全力で防御するさ。でも生命力がごっそり減ったりしたらそこでやめておいてくれ。正直防ぎきれるか自信がない」

………そういえば、アルマと戦り合うのは初めてだな。

手加減できる相手じゃないな。もしかしたら今までで一番の強敵かもしれない。

さーて、怪我しないように、させないように全力で挑みますかね。

●

「待って！　待て待て待て！　無理、マジでムリだから一回待って！」

「無理じゃない。続けるから防ぎ続けて」

「アッハイ」

秒間、軽く二～三回くらい剣が振るわれて襲い掛かってくるのを、硬化した魔力を纏った手足で防御し続けている。

アカンアカンアカンアカン！

なんでこんな本気で襲い掛かってきてるのこの子!?　死んじゃう！　死んじゃうから！

滅茶苦茶な速さで剣をこっちに振るってくるもんだから防ぐので手一杯。イジメか。

「ふっ！」

「へぶぁっ!?」

幼い頃から剣術の稽古を受けてきたアルマに対して、素人同然の俺じゃどうあがいても不利。

いつまでも防ぎ切れるはずもなく、隙だらけの顔面を剣の横っ面で引っ叩かれました。

親父にも殴られたことないのに！　そもそも遺影でしか親父の顔なんか見たことないけど。

「ヒカル、今の戦い方のままじゃダメ。魔力操作や気力操作で補うのは確かに有効だけど、スキルが使えないからどうしても動きがぎこちない。接近戦で隙ができてる」

「……面目ない」

「逆に言えば、魔力操作をもとにした戦い方はヒカルにしかできない。だから、スキルに頼らない『ヒカルだけの戦い方』を編み出さないと、スキルを扱う人の下位互換にしかならない」

ですよねー。つっても、いきなり新しい戦い方を編み出せとか言われても難しいんですが。

「だから、新しい戦い方を編み出すまで組手を続ける。厳しくするけど、頑張って」

「えっ」

「カジカワさんファイトっすー」

ファイトっすーじゃねーよ！　無茶振りやろ！

「はっ、ふっ、せいっ！」

「ぬぉぉぉぉおおお！！？」

レイナにツッコミを入れる間もなく、組手という名のリンチが再開。

【暴風剣】を使っているようで、こちらが気力操作を使って身体能力を強化してようやく速さは互角。つまり、能力値を上げてゴリ押しで対応することはできない。

だから素の近接格闘技術でなんとかするしかないわけだが、無理。技術に差がありすぎる。

いやホント無理！　防ごうにも手足が四本じゃ足りない！　軽く二～三本くらい足りない！

……待てよ、手足が足りない？

なら、増やせばよくね？　魔力操作で、手足の代わりを増やせば、防ぎ切れるんじゃゃね？

「!?」

アルマが袈裟斬りコースで斬りかかってきて、剣が俺に触れる直前に甲高い金属音を立てて弾かれた。

斬りかかってきた剣に向かって、魔力の杭をブチ当てて弾いたわけだが、コレ、かなり実戦向けの技じゃないか？　相手の攻撃を弾いて防いでもよし、こっちから相手に直接ブチ当ててもよし。

攻防一体でリーチもそこそこあるし、威力も悪くないし燃費もいい。

……コレ、近接戦闘の主力にしてもいいくらい使い勝手のいい技じゃね？

追い詰められて、思い付きで出した技が案外有用だったでござる。なんて都合のいい……。

「あっ……!?」

って危ない！　剣を弾かれたアルマが体勢を崩して倒れそうになってる！

咄嗟に手で体を支えて倒れるのを止めたが――。

ムニッ　と、触り慣れない感触が俺の掌に伝わってきた。

「?!!!?」

「あ、カジカワさん、パイタッチしたっす……！」

……はい、やらかしました。脳内ゴースト案件ですね。紛れもなく事案。通報も止む無し。

いやちょっと待ってほしいだってあの状態でセクハラになるとか考えてる余裕なんかないしとにかく急いで体を支えないといけなかったからであって決して故意に胸を触ったわけでは（ｒｙ
よし、謝ろう。そして二～三発ほどおとなしく殴られよう。

「ご、ごめん！　いや、わざとじゃないんだ！　ただ支えようと咄嗟に！」

「う、うん。……大丈夫、気にして、ない……」

弁明する俺に顔を真っ赤にして言葉を返してくれたが、絶対気にしてるわコレ。

レイナもなんか笑いを堪えるように顔を逸らして肩を震わせているし。何わろてんねん。

超気まずい。今日はもう組手どころじゃなさそうだ。……どうしてこうなった。

●

あの後、組手は中断した。もうそんな気分じゃないし、精神的に不安定な状態でやって怪我したくないし。

なんだか気まずくて、あまり話すことができないまま宿に帰宅。その日の夕食はなんだか苦い味がしました。レシピ通りに作ったのにねおかしいね。

「事故なんすよね？」

「……ああ」

「わざとじゃないんすよね？」

「ああ」

「柔らかかったっすか？」

「ああ。……っ!?」

「……」

レイナこの野郎！　謀りおったな！

夕食が終わって食休みしてる間にレイナから話しかけられ、というより詰め寄られて適当に相槌打ってたらこの有様である。

そのやりとりを聞いていたアルマは、昼の事故を思い出したのかまた顔を赤くして俯いてしまった。アカン、急いでフォローしないと。

「……昼間は、本当にごめん」

「……別にいい……」

そう言いながらも胸に手を当てて俯いたままの状態で一瞥すらしてくれない。……もしかして内心すごく怒ってるんだろうか。

……もう今日は寝よう。これ以上はなんか言っても余計に雰囲気が悪くなるだけだ。

ヒトをからかって笑ってるレイナへのお仕置きもまた明日にしよう。

「な、なんか悪寒がするっす……風邪かな……」

翌朝には多少ギクシャクしながらもなんとか会話くらいはまともにできるようになったが。事故には気を付けようホント。

朝食を食べているうちに気まずさも大分和らいできたな、良かった。

「か、カジカワさん！　なんか自分のスープだけ滅茶苦茶熱いんすけど！　器に入ってるのになんでこんなボコボコ沸騰してるんすか!?」

「アツアツを召し上がれ」

「無理っす!!」

器の中のスープに生命力を混ぜた魔力を留め、熱エネルギーに変換しただけだが、こうしてみるとなかなか禍々しいな。

これを戦闘に応用することもできそうだが、上手く運用するにはもう少し慣れが必要だな。

「このままじゃ飲みたくても飲めないっすよー！」

「はいはい、ちょっと待て…………あ、やりすぎた」

「今度はカッチカチに凍り付いてるじゃないっすか！　どうなってんすかコレ⁉」

……慣れないうちは加減が難しいな。

だがこれを上手く制御できるようになれば、絶対に大きな力になるはずだ。今後も訓練しよう。

それからさらに一週間ちょっとが経過した。

魔力操作はまだおぼつかないが、気力操作のほうはかなり実用的な運用ができるようになってきた。

今ならゴブリンくらいなら楽に仕留めることができるだろう。

そしていよいよ今夜日付が変わったら、レイナは十五歳になり晴れて成人となる。

「い、いよいよっすね…」

「不安か？」

「なんかドキドキするっすけど、不安って感じじゃないっす」

「……ワクワク？」

「多分そんな感じっす」

期待している気持ちが大きいのか。

前向きなのはいいことだが、あの職業がどんなものなのかはちゃんと理解してるのかな。いや俺も漫画やゲームなんかのイメージしかないけど。

おっと、あとちょっとで日付が変わるな。

「……あと十秒だ。もう何も思い残すことはないか？」

「なんすかそのまるで今から死ぬような言い方は⁉ ないっすよ何も！」

そして深夜零時を過ぎ、日付が変わった。

「………………！」

神妙な顔のまま身動き一つしていなかったレイナが、目を見開いてこちらの方を向いた。

「レイナ、どうだ？」

「……本当に、選択肢があったっす！ 本当になれたっす……！」

感無量といった表情で、笑顔を浮かべながら歓喜の言葉を呟いている。

この様子だと、無事に目指していた職業を選ぶことができたようだ。

レイナミウレ　Lv1　年齢：15　種族：人間　職業：見習い忍者　状態：正常
【能力値】
HP（生命力）：60／60　MP（魔力）：50／50　SP（スタミナ）：25／40
筋力：53　攻撃力：53　防御力：50　素早さ：78　知能：52
器用さ：79　感知：80　抵抗値：45　幸運値：45
【スキル】

短剣術Lv1　体術Lv1　隠密Lv2　忍術Lv1

新しい職業の選択肢、それは『見習い忍者』。フジヤマーゲイシャー。

短剣術、隠密、攻撃魔法のスキルを持った未成年だけが選ぶことができる、レア職業だ。

生まれた時点でこんな組み合わせのスキル攻勢をしている人間はほぼいないらしく、もしかしたら現時点で唯一の忍者なのかもしれないらしい。

……あれ？　攻撃魔法スキルがなくなってる？　代わりに忍術ってスキルが追加されてるんだが。

《【見習い忍者】自然の力と一体化し、忍び、如何（いか）なるものからも認識されずに目的を果たすための職業。レベルが上がるにつれ、忍者固有のパッシブ効果を得ることができる。攻撃魔法スキルはあくまで自然の力を操る準備のためのスキルのため、見習い忍者を選んだ時点で消去される》

……その理屈はちょっと苦しくないですかね？　いや別にいいけどさ。

能力値もLv1にしては随分と高めだな。特に感知と器用さと素早さがずば抜けて高い。

「攻撃魔法のスキルがなくなっちゃったのがなんとなく分かったっすけど、代わりに別のスキルを獲得したのを感じとれたっす」

【忍術】スキルだな。忍者にしか使えないすごく珍しいスキルみたいだ。なんでも自然と一体化するためのスキルだとかなんとか」

「早く試してみたいっす！」

「今日はもう遅いから、一回寝てからにしなさい」

「むぅ、残念っす」

「ああ、そうそう。…………誕生日、おめでとうレイナ」

「おめでとう、レイナ」

「あ、ありがとう、っす。……お二人には命を助けられて、綺麗な服や美味しい食べ物を与えてもらって、職業の選択肢まで新たに選べるようになって、感謝の気持ちでいっぱいっす……！　うぅ……ふぇぇ……！」

「……苦労してきて、それが報われると嬉しいよね。その気持ち、よく分かる」

アルマも見習いパラディンだった頃は不遇職とか言われてたしなぁ。

感極まって泣き出してしまったレイナの頭を撫でながら、慈愛に満ちた表情で優しく語りかけている。尊みがやばい……。

明日、いや今日の晩ご飯は誕生日と成人祝いにできる限り豪華にしてあげようか。

レイナのこれからの活躍に期待しよう。

そして、朝。

緊急避難警報だかなんだかの音で叩き起こされました。何が起きたし。

第四章　新たな脅威、新たな敵

慌ただしく人々が走る音、避難を促す警鐘の音、パニックに陥っている人々の声。

部屋の外から様々な音が大音量で耳に入ってきた。

「指示に従って避難してください！　最低限必要な物だけを纏めて、早急に街の東側から脱出を！」

「間違っても西側の出口には近づかないで！　魔獣洞窟が近くにあるので危険です！」

何が起きてんだ？

魔獣洞窟の方に近づくなってことは、まさかまたスタンピードでも起こりそうになってるのか？

いや、でもここんところ毎日洞窟に入ってるけど、前兆の魔物が出たところなんか見てないぞ。

「ヒカル！　起きて！」

「カジカワさん！」

部屋の外に出ると、大慌てで避難を急ぐ他の宿泊客たちを背景に、アルマとレイナが困惑した表情で立っていた。

「おはよう。……この騒ぎはなんだ？」

「分からない。ただ、魔獣洞窟の封印が解かれそうになってるとか言ってた」

「あの洞窟、なんかあるんすかね？」

「魔獣洞窟の、封印？」

エーナニソレ、ナンノコトダローナー。

……うん、心当たりあるわ。あの最深部のヤベー気配のことじゃね？

魔力も生命力も桁違いなのが離れた場所からでも分かる、そんな存在感バリバリのナニカがいるのは分かってたんだが、あれが外に出ようとしているのか？

アルマパパやアルマママならなんとかなるかもしれんが、俺らじゃ絶対に対処不可能だろアレ。

「よし、逃げよう。俺たちじゃどうにもできそうにない」

「決断早いっすね。なんか心当たりでも？」

「封印が解けそうっていうのは、多分洞窟の奥にいるヤバい気配のことだと思う。あれが外に出たら多分どうしようもない」

「洞窟の、奥？」

「か、カジカワさんでも無理なんすか？」

「無理。そもそも俺はまだDランクの駆け出しだっての。あれをどうこうしようと思うなら相当高ランクの人じゃないと太刀打ちできないと思うぞ」

「そんなヤバいのがあの洞窟の奥にいたんすか⁉　自分初耳なんすけど！」

「普段動かないでジッとしてるし、言う必要ないかなーって」

「ありまくるっすよ！」

「二人とも、ひとまずそれくらいにして避難するなら早くしよう」

アルマに促され、ひとまず宿の外に避難することに。

宿の外も避難をしようとする人、避難を促す人、慌ててぶつかったりする人なんかで大騒ぎだ。

「おい！　そっちは西側だぞ！　逃げるなら東側だって言ってるだろ！」

「それが、東側の出口から出ようとしても無理なんだよ！」

「はぁ!?　何言ってんだ!?」

「出口が透明な壁みたいな何かで塞がれてるんだ！　多分ありゃ結界魔法かなんかだと思う！」

「だ、誰がそんなもん仕掛けやがったんだ！　悪戯（いたずら）にしちゃ度が過ぎてるぞ！」

「おーい！　西側の出口も駄目だ！　街の出口が全部塞がれてやがる！　どうなってんだ!!」

なーんか嫌な会話が聞こえてきた。

街の出口が塞がれているって、どう考えても偶然じゃないよな。

もしかして、魔獣洞窟の封印は誰かが人為的に解こうとしてるのか？　で、それと同時に結界を張って、街の住人の逃げ道を塞いでいる、と。

そのまま封印を解かれた『何か』に街を蹂躙（じゅうりん）させて、住民を皆殺しにでもしようってのか？

なんのためにそんなことを……？　ちょっと、上から脱出できないか試してみるか。

変装用の幻惑の仮面を被（かぶ）り、魔力飛行で上空へ移動してみた。

そしてそのまま街の外に出ようとしたが、ダメだ、街の上まで見えない壁が張ってやがる。

入念だな、クソッタレ。……どうしようかこれ。

アルマとレイナのところへ戻り、上空も塞がれていることを告げた。

「上も駄目なんすか……」

「地の精霊たちが言うには、地面の下も駄目だって」

〈かたいかべがある。うすいのにすっげぇがんじょうだ。こわすのもすりぬけるのもむりだ〉

〈コレ、アレじゃね？　『きんきまほう』ってやつ〉

〈まちひとつおおうほどのけっかいつくるとかあほだろ。たぶん、このけっかいをはったあとにじゅつしゃもしんでるとおもうぞ〉

きんきまほう？　近畿、いや『禁忌魔法』か？

《【禁忌魔法】一定以上のＩＮＴを持つ者のみに習得できる古代魔法のことを指す。通常の攻撃魔法スキルなどに比べて威力が高すぎるものや、寿命や命そのものなど代償が重すぎる魔法が多く、使うことを忌避されいつしか禁忌魔法と呼ばれるようになった。近畿地方は関係皆無》

……最後の一文いる？　いやそれは置いといて、この結界の強度はどんなもんかね？

《【サクリファイス・プロテクト】攻撃力１０００以下相当の攻撃を全て無効化できる古代結界魔法。現状、破壊は困難》

……脱出は無理ってことか。このままだと魔獣洞窟から出てくる何かに街が襲われる可能性が高い。そしてそいつの能力値は多分四ケタ超えているから、問題なく結界を破って侵入してくるだろう。そうなれば生き残れる可能性は低い。

…どーすっかなー。

「か、カジカワさん、どうしたら、いいっすか？」

「ヒカル……」

不安そうな顔でこちらを見てくる二人。どうしたらいいんだろうね。

「どうしよーかー飛行士くーん」

!?

「やっと見つけたよ。さっき飛んでるのを見ていなかったらもっと時間がかかってただろうねー」

「ロ……ゲホンッ……ギルドマスター、いつの間に？」

「おい君、今なんて言いかけたの？」

いつから後ろにいたのか、ロリマスことギルドマスター、イヴランミィさんが声をかけてきた。

「まあいいや、今は時間が惜しい。追及するのはまた今度だ。それより一緒に来てくれ、君に重要な仕事を頼みたいんだ」

嫌な予感。なんでギルドマスターって人は俺に重要な仕事を押し付けたがるのか。

●

ロリマスについていきながら街を歩く。

この人足速いな。普段デスクワークよりフットワークの必要な仕事が多いんだろうか。

「速歩きしながらで悪いけど、仕事の前に今何が起こっているのか説明しておくね」

「魔獣洞窟の封印が解けそうとか街の人たちが話していましたけど、あそこには何が眠っているのでしょうか？」

「順を追って説明していくと、あの洞窟の奥にはとんでもなく強力なバケモノが封印されているんだ。たった一体で街一つを容易く壊滅することができるくらい、巨大で強力なヤツさ」

「バケモノ？」

「うん。大昔に魔族が勇者相手に創り上げた、というかほとんど事故で出来上がってしまったモノでね、スライム系の魔物をベースに様々な魔獣を摂り込ませてステータスを無理やり上げまくって勇者と戦わせようとしたらしいんだけど、一度にあまりに多くの強力な魔獣を吸収させすぎて制御が利かなくなって、敵味方問わず生物を見境なく貪り食う怪物が誕生してしまったのさ」

うーわ。こりゃまたベタな怪物だな。てか、スライムかよ。ドラゴンとか巨人とか予想してたんだが思ってたんと違ったわ。

でも実際それがこちらに向かってくる危険がある今の状況じゃ笑い事にならねぇ。

「実際に勇者も何度か食われたらしいし、魔族からしたら成功と言えなくもないかもね。自分たちのほうの犠牲を考えなければだけど」

「何度か、食われた？　え、勇者を何人も倒すほど強力な怪物なんですか⁉」

「ああ、魔王を倒すまで勇者には再召喚って形での蘇生の恩恵があるから、何度やられてもすぐ復活できるみたいなんだよ。そのたびに召喚用の祭壇に戻ることになるらしいけど」

……おおゆうしゃよ、しんでしまうとは以下略的なシステムがあるのか。魔王倒すまで何度でもやり直しが利いて便利と考えるべきか、下手すると文字通り死ぬほど痛くて苦しい思いを何度も味わう羽目になる呪いと見るべきか。

「何度倒そうとしても返り討ちに遭うだけで、生き物を食べるたびに強く大きくなっていく怪物に、とうとう倒すことを諦めた勇者は封印というカタチで怪物を止めることにしたの。早めに対処しないと犠牲が増える一方だったし、倒せるようになるまで悠長にレベルアップしてる時間がないし。むしろ怪物のほうが時間が経つにつれ強くなっていく始末だったらしいよ」

「その封印された怪物が、魔獣洞窟の中に？」

「そういうこと。本来封印されている場所に入るには何重にも強力な封印が施された門を通る必要があるんだけど、今回はかなり荒っぽい方法で突破したみたいだね」

「と言うと？」

「最近、ダイジェルにあるマルダニアの魔具屋が襲われた事件は知っているかい？　あの時に鉱石の採掘なんかに使われる大型の穴掘り魔具が盗まれてね。それを使って門のない方から穴を掘って無理やり侵入しようとしているみたいなんだよ」

あー、そういえばそんなニュースがちょっと前の新聞に書いてあったな。

「門以外にも結界はいくつか張ってあるけど、門に施されているモノほど強力じゃないからその気になれば力ずくで破壊できる。その結界が今日の早朝から壊され始めているみたいなんだよ」

「……結界は、あとどれくらい持ちそうですか？」

「あと一時間も持たないかもしれない。すごいハイペースで進んでいるみたいで、追撃隊は出したけど今から止めようとしても多分間に合わない。いやー、マルダニアの魔具屋の製品は優秀だねぇ。この騒ぎが落ち着いた時にまだ生きていたら、何か注文してみるのもいいかもねーハハハ」

緊張を感じさせない口調で話しているが、ロリマスの顔色はあまり良くない。

街の人たちのために、現状を打開しようとする必死さと責任感を感じさせる面持ちだ。

「その結界を突破しても、封印を解くためには封印した勇者が設定した『合言葉』が必要でね。それを代々受け継いで知っているのがこの街の教会の神父様なんだけど、誰かに精神系のスキルを使われたらしく、昨日から意識が戻らないんだ」

そんなもん受け継ぐ必要あるか？　誰にも知られず忘れ去られてしまったほうが安全だろ。

「…この騒ぎを起こした犯人の仕業でしょうか」

「多分ね。あるいはその協力者か。教会に侵入された後に、襲撃者に対して迅速に対応できたのか辛うじて命までは奪われずに済んだみたいだけど、神父様の様子を見るとスキルを使って自分の意思にかかわらず強制的に合言葉を言わされた可能性が高い。現に今封印周りの結界が破壊されてるし」

「……なぜ、合言葉を受け継いだりしているのでしょうか？　忘れ去ってしまえば、誰も封印を解くことなどできないのでは？」

「その封印は何百年も経つと効力を失ってしまうかもしれないらしくてね。百年周期で封印をし直すために誰かがそれを知っている必要があるんだ」

「封印をし直す？」

「うん。封印を解くための合言葉は、解かれた封印を再度封印し直すための合言葉でもあるんだよ。早口で読むだけでも十数秒かかるくらい長くて、一回聞いただけじゃまず覚えられないらしい。書記スキルの速記技能でもあればメモにとれるだろうけどね」

あー、なんかロリマスが俺に何させたいか分かってきた気がする。

「再封印をするためには、一定以内の距離で専用のメガホン型の魔具を使って、封印していた対象に向かって大声で合言葉を聞かせる必要があるの」

「それだけですか？　なら誰でもできそうですね」

「対象がそのバケモノじゃなければ、ね。昔の資料によるとそいつはスライムとは思えないほどの圧倒的な能力値を誇っていて、パワーやスピードはもちろん、感知能力なんかもずば抜けて高く、半径二〇メートル圏内に近づいたら即、捕食されるくらいだとか」

こわぁ⁉　なにそいつ絶対お近づきになりたくないんですけど！

「で、そんなバケモノに対応できるのはSランク冒険者クラスのごく限られた人間か、ドラゴンみたいな規格外の魔獣ぐらいでね。並の冒険者じゃ合言葉を読み上げ終わるまでに軽く二～三回は死ねるだろうね。……空を飛べる人間でもない限りは」

「……まさか」

「うん、済まない。君に依頼したいのは解き放たれたバケモノの再封印なんだ」

やっぱりか！　そんな予感はしてたよ！　してたけども！

いやいやいやいやいや、いくらなんでもそれはちょっと勘弁していただけませんかね。

「ひ、ヒカルじゃないと駄目なの……⁉」

「カジカワさんはまだDランクっすよ⁉　もっと強い人がいるでしょう！」

「とても危険な任務だけど、他に適任者がいないんだよ。仮にAランク冒険者なんかがやろうとしても、読み上げ終わるまでに喰い殺される。でも、飛行能力を持っている君なら攻撃が届かず捕食されずに再封印できるかもしれない」

言いたいことは分かるけど！　分かるけども！　怖いんですけど！

「断ったら、大勢死ぬよ？」

内心ビビりまくっている俺を見透かすように、静かで、かつ重く響く声でロリマスが口を開いた。

「街の入り口に張ってある結界が壊された時点で、すぐに再封印しないと街中の人間に向かって襲い掛かる。バケモノが壊した部分から逃げられなくもないけど、大半の人は間に合わずに食われるだろうね。そのバケモノから逃げられる足を持つ人間はそう多くないと思うよ」

「……」

「もちろん、君の隣の二人も例外じゃない。強制はしないけど、どうする？　何もかも見捨てて君一人だけ逃げるなら、助かる見込みはあるかもよ？」

「……ああ！　分かったよチクショウ！　やりゃあいいんだろ！」

思わず半ギレで了承。

正直、本当にどうしようもない相手だったらなんとかアルマとレイナを連れて逃げていた可能性も否定できないが、解決策があるならやらないわけにはいかないだろ！

クソ、クソ！　この騒ぎを起こしたやつ見つけたらただじゃおかねぇぞクソが！

「快諾してくれて何よりだよ、飛行士君」

満足そうな声で言葉を発するロリマス。

その声とは裏腹に、表情は少し申し訳なさが交じったような笑みを浮かべている。

「快諾の意味を辞書でも引いて調べ直せ。言っとくが、報酬はたんまりともらうからな。タダでこんな仕事やらせる気なら解決した後にバケモンの代わりに暴れ回るぞ」

「おーこわい。随分荒っぽい口調だけど、それが素の君なのかな？」

「うるせぇ。まさかこんな状況で言葉遣いに文句言わないよな？」

「別にいいよー。この事態を解決してくれるなら勇者でも悪人でも誰でもいいしねー。それじゃ、神父様をなんとか叩き起こして合言葉の確認をするために教会へ急ぎますか」

「……ヒカル、大丈夫なの？」

「……大丈夫に、してみせる」

心配そうに声をかけてくるアルマに強がり交じりに返事を返した。

大丈夫かって？　大丈夫じゃない、問題だ。

でも、アルマやレイナに危険が及ぶことのほうがもっと大問題だ。

覚悟も決まったし、さっさと教会へ行くか。……あー、やっぱ怖いわー……。

●

ギルマスに早足で案内されて教会に到着。

普段この辺りに来ることがないんだが、こんな場所もあったのか。

建物の上に大きな十字架が立っているから教会だと一発で分かるんだが、十字架の中心に目のようなシンボルがあってちょっと怖い。見た目邪教のシンボルに見えなくもないんですが。

「この中で神父様が寝てるのか？」

「寝てるって言うと暢気にグースカ寝息を立ててるように聞こえるけど、襲撃者のスキルの影響だからね？」

「いつまで寝てるんすかね？　まさかほっといたらずっと目を覚まさないとか…」

「心配ご無用。鑑定士によるとあと三日もほっとけば目を覚ますらしいよ。もっともこのままじゃバケモノに食われて永眠だろうけど」

「心配する要素しかないっすけど!?」

「そうなる前になんとしても意識を回復させて合言葉を聞き出さなきゃならない。合言葉は長ければ長いほど封印力が強まるらしいけど、神父様も大分お歳だし、あまり長時間意識を保ってられないだろうから急いで聞き出さないと」

お歳ねぇ。ロリマスとどっちが年上なんだろうね？

「なんか今失礼なこと考えなかった？」

「いや、別に……」

ジト目でこちらを睨みながらぷーたれてるロリマスをいなして教会に入り、神父様の元に直行。

教会の中は不安そうにしている人や、必死に祈りを捧げる人の姿がちらほら見える。こんな状況じゃ神頼みもしたくなるわな。

神父様の部屋の前には信徒と思しき男性が見張りに立っている。

「ギルドマスター、街の様子はいかがでしたか？」

「大混乱だね。ヤバいのが攻めてきそうになってるのに逃げられなくちゃ無理もない」

「でしょうね、いったい誰が……」

「それより今は、どうやって解決するかが重要だよ。神父様はまだ目覚めないの？」

「……はい」

沈痛な面持ちで言葉を返す男性。

それに対し、決意を固めたような顔つきでロリマスが口を開いた。

「なら仕方ない。補助魔法で一時的に意識を回復させて、合言葉を聞き出すよ。いいね？」

「補助魔法……まさか【デトックスブースト】ですか!?　あれは状態異常に対する抵抗力を高めま

すが、著しく体力とスタミナを消耗します！　神父様のお体が耐えられるかどうか……！」

「現状、神父様の意識を取り戻す方法はそれぐらいしかないよ。私に回復魔法は使えないし、他の人が回復させようとしても無理だっただろう？」

「……はい。状態異常の解除を試みても効果がなく、恐らくより高レベルのスキル技能でなければ解除はできないようです」

「でも、状態異常の解除は無理でも、それに対する抵抗力を高めればもしかしたら意識を取り戻せるかもしれない。試す価値はあると思うよ」

「ですが、神父様のお歳ではスキルの負荷に耐えられないかもしれません。仮に意識を取り戻せたとしても、恐らくごく短時間しか……」

「このままだと神父様を含めた大勢の人が死ぬ。その前に早く手は打っておくべきだと思うよ？　それとも神父様の身を案じて、心安らかに眠っていてもらっているうちに皆で仲良く死ぬかい？」

嫌味に似た皮肉交じりに説得しているが、早くしないとバケモノが今にもこちらに向かってくる可能性もあるから無理もない。

男性の方は少し悩んだようだが結局神父様が眠っている部屋に入れてくれた。

部屋の中には小さな本棚と隣に純白のベッド。

そこに白髪の老人が死んでいるかのように静かに眠っている。この人が神父様か。

「…もしもこれが原因で、命の危機に瀕したりしたらごめんなさい、それでも、私はこの街を守る義務があるんです。……【デトックスブースト】」

ロリマスが軽く会釈をした後、神父様に魔法を放った。

神父様の体に淡い光が染み渡るように行き届いていき、抵抗力を強化している。

同時にスタミナが徐々に減少していく。あまり長くこの状態が続くと危険そうだ。

「神父様、起きてください、神父様」

ロリマスが神父様の体を揺すって起こそうとしているが、目を開ける気配がない。

「神父様ー！　起きてくださーい！」

今度は頬を引っ張りながら声のボリュームを上げて呼びかけてるが未だに起きず。

こうして見ると祖父を起こそうとしてる孫みたいでちょっと微笑ましく見えなくもない。

「しんっ！　ぷっ！　さまっ！　起きてっ！　くださいっ!!」

ベシッ！

ビシッ！

バシッ！

と頬にビンタをかましながらさらに大声で呼びかけている。

ご老体やぞ。あんま無茶したるなや。

殴られた頬が赤くなってもなお、神父様は起きない。熟睡してる。

「はぁ、はぁ、……仕方ない、これはあんまり使いたくなかったけど、お許しください、神父様」

そう言いながら、耳に着けている赤い半透明の液体が入った小瓶のイヤリングを取り外した。

なんだあの赤い液体、なんか嫌な予感が……。

《【ライトニングペッパーオイル】極めて刺激の強い調味料の一種。強力な気付け効果があるが、粘膜に触れると激痛が走り涙腺から分泌液が著しく漏れ出すほどの刺激をもたらす》

……その液体の入った小瓶を、なんで神父様の鼻に突っ込んでるのかなこの人は。

「そぉい！」

さらに小瓶をつまんで、一気に中の液体を鼻の中に注入しおった。鬼か。

「……ふ、ふぐぅっ!?　ぐあああっっあああがあ！？！？！」

奇声を上げ、目から涙を滝のように流しながら飛び起きた。

そして地面に倒れのたうち回りながら泣き叫んでいる。

「「……うわぁ……」」

その様子を見てアルマとレイナがドン引きしたような声を漏らした。あんな阿鼻叫喚な状態見たら無理もないわー……。

大丈夫かコレ。涙と鼻水で何か話すどころじゃないように見えるんだが。

「げほぉっ！　ごほごほっ!!　がはぁっ！　……な、何が起きたのですか……？　おや……？　そこにいるのはイヴランミィさんですか？　おはようございます」

「おはようございます。乱暴な起こし方をして申し訳ありません。時間がないので簡単に現状を説明させていただきますと、魔獣洞窟の封印が、現在何者かの手によって解かれようとしています」

「な、なんですと……!?」

「その何者か、あるいはその仲間の手によって昨日の夜に襲撃され、スキルによって神父様から合言葉を聞き出し、しばらく目を覚まさないようにスキルを使われたようなのです」

「なるほど……あれほどの刺激を受けてなお眠気が襲ってきているのは……そのせい……」

先ほど飛び起きた勢いはどこへやら、段々目が虚ろになり、再び眠りにつこうとしている。

「ま、待って！　眠らないで！　眠る前に再封印のための合言葉を教えてください！　このままじゃ、封印されている怪物に襲われて、街が壊滅してしまいます！」

「あいこ、とば、は………『じ…………じ……げ……』」

「し、神父様!?　神父様!!　まだ全然言い切っていませんよ！　起きて！　お願い！」

少し何かを呟き、言い切らないうちに糸の切れた人形のように倒れ、再び眠りについてしまった。

「……くそぉっ！　あと少しだったのに！　こうなったらもう一回！」

「やめておけ、今のでもう神父様のスタミナはほとんど残っていない。無理やり起こしても今度はスタミナが枯渇してから徐々に生命力が失われて、多分話す前に死ぬぞ」

ってメニューさんが言ってます。要するに、今のが最初で最後のチャンスだったってわけだ。

「……ちくしょう、全部無駄だった。どうすればいいのさ、もう、どうしたら……うぅっ……！」

涙を流しながら絶望した表情でロリマスが途方に暮れている。

……いいや、無駄じゃない。さっきの眠る直前の神父様の言葉は確かに意味があった。

「いや、さっきので合言葉は分かった。多分な」

「……え？」

「な、何を言ってたのかほとんど分からなかったんすけど、カジカワさん分かったんすか!?」

「100％間違いない、とは言い切れないが、可能性は高い。試す価値は十分だと思うぞ」

「あ、合言葉は勇者が決めて、それを代々神父様が受け継いできて、他は誰も知らないはずなのに……!?　なぜ、そんなことが言えるの？」

「そりゃ、俺が勇者と同郷だからだよ」

「…………………ナニソレ、初耳なんですけど」

目を点にして口をあんぐりと開けて呆然とするロリマス。

ダイジェルのギルマスにも同じ言葉を言われたっけ。てか、ダイジェルからロリマスに手紙が届いた時点じゃ、俺が異世界の人間だってこと知らなかったんだな。

「そういうわけだから、後は試してみるだけだ。上手くいかなきゃ今度こそ詰むけど、どうする？」

「……お願い。どうか、どうか……おねがい、します……！」

これまでの飄々とした態度とは打って変わって、真摯（しんし）に懇願してきた。

……急にそういう態度とられるとリアクションに困るんですけど。

さて、そうと決まれば準備をしますかね。

『アレ』をメガホン使って大声で叫ぶの恥ずかしいなーやだなー………。

●

……来た！

やばいやばいやばい、これ、今まで感じた中でもトップ3に入るくらいヤバい気配だわ。

ちなみに二番目はアルマパパ。一番？　言う必要ある？　……女は怖い。

比較対象がアルマのご両親だとどうしても霞むが、この街に近づいているやつも十二分に規格外の存在だ。こりゃ気を抜いたらすぐに食われかねないな……。

「おい！　もう封印が解けたみたいで、この街にでかいのが近づいてるぞ！」

「え、マジ!?　……てか、なんで分かるの!?」

「話は後だ！　早く再封印用の魔道具を寄越せ！」

「は、はい！」

ロリマスから封印メガホンを受け取り、アイテム画面に収納。

それを見てロリマスがさらに困惑していたが無視。もうそれどころじゃない。

アルマとロリマスに再封印中の支援を頼み、レイナは隠れているように言った後、外に出た。

そして魔力飛行でバケモノが街に入ろうとしている方向にひとっ飛び。

……街の結界が悲鳴を上げているのが感じとれるようだ。

もう既に結界を壊し始めている。速さもパワーも桁違い。

再封印する間、これを相手しなきゃならんの？　十数秒でも長すぎると思うんですが。

バケモノが攻撃している門の近くには、怖いもの見たさか何人か様子を見ている人がいる。

「お、おい！なんだありゃ!?　空を飛んでるぞ！」

「なんだあの仮面!?」

こちらに気づいた人々が困惑した声を上げている。

仮面は俺の趣味じゃないと何度言わせれば、ってそれどころじゃない、あのままじゃ危険だ！

「早く門から離れろ！　その門から魔獣洞窟に封印されていた怪物が侵入しようとしている！　そんなところにいたら門の周りの結界が破られた直後に喰われるぞ！」

「な、なんだって!?　というか、お前はなんなんだよ!?」

「ギルドマスターに怪物の再封印を依頼された者だ！　食われるのが嫌なら門から離れろ!!」

大声で避難を促すが、結界が突破されるのもあと少しだ、このままだと……！

バリィンッ！　とガラスが砕けるような音が響いた。

門周りの結界が破壊されてしまったようだ。くそ、思った以上に早い。

そして、それは破壊された結界の隙間から染み出るように街の中に入ってきた。

侵入してきたモノは、黒い流動体。まるでブラックコーヒーが自分の意思で動き回っているかのような外見だ。

全体の大きさは不定形なせいでよく分からんが、二十五メートルプール一杯分くらいはありそうだ。デカすぎだろ。

こいつが、例のバケモノか。見ているだけで鳥肌が立ってくる、圧倒的な存在感。

これが元はただのスライムというのが信じられん。

……見るのが怖いが、ステータスを確認してみるか。

魔獣：★暴食粘獣　Lv68　状態：空腹
【能力値】
HP（生命力）：4875／4875　MP（魔力）：3417／3417
SP（スタミナ）：381／8754
筋力：1784
攻撃力：1784　防御力：2640　素早さ：1402　知能：697

器用さ：874　感知：1751　抵抗値：1374　幸運値：248
【スキル】
魔獣Lv7　粘性獣Lv9　体術Lv7　爪術Lv9　牙術Lv7　剣術Lv8　槍術Lv4　弓術Lv4
斧術Lv3　…その他多数
【ユニークスキル】
暴食成長

えっぐいな！

なんだこりゃもうチートとかそんなレベルじゃない！

バグキャラの領域じゃねーか！

案の定能力値が四ケタ超えてやがるのがほとんどだ。張りあえるのは幸運値くらいか？　まともに戦おうとしてもそもそも戦いじゃなくて一方的な捕食にしかならないだろう。

スキルのほうも質、数共に大量。なんか剣術とか槍術とか、スライムが習得できなさそうなスキルが多いが、これは喰った相手のスキルを吸収した結果なのか？

《ユニークスキル【暴食成長】固有魔獣、ユニークモンスターとも呼ばれる、本来の進化ツリーとは外れた独自の進化を遂げた魔獣が得られる固有スキルの一つ。捕食した相手の能力値やスキルを一部我がものとすることができる》

これまでどんだけ喰ってきたんだよコイツ。勇者を何度も喰った影響もデカそうだな。

これを、どうやって封印しろってんだ。無茶振りやろ。

《声が届く範囲ならば封印は可能。攻撃が届かない高高度にて封印の合言葉を叫べば比較的安全に封印できると推測。ただし、攻撃魔法などの遠距離攻撃には注意が必要》

やっぱそれしかないわな。半径二十メートル以内だと即捕食って言ってたし、一〇〇メートルくらい上空に飛んでみるか。正確な高さはメニューさんに測ってもらおう。

うわ、速いなあのスライム。自動車並みのスピードで移動して捕食対象を探している。

門の近くにいた人たちも何人か喰われたようだ。……合掌。やっぱり、人なんて死ぬ時はあっさり死ぬもんなんだな……。

早く再封印してやらないと犠牲者がどんどん増えていく。

迅速に安全な高さまで達してから、メガホンを取り出し起動。準備は整った。あーテステス、うむ、よく響くな。

さーて、それじゃあ叫びますか！

「すうぅ………『じゅげむ　じゅげむ　ごこうのすりきれ　かいじゃりすいぎょの　すいぎょうまつ　うんらいまつ　ふうらいまつ』……」

勇者が決めた合言葉、それは落語の寿限無（じゅげむ）。

神父様が眠る直前に放った言葉は『じゅげむ』と二回繰り返していた。……もしも俺が寿限無を暗記していなければ詰んでたところだ。漫画で暗記しといてよかった。

合言葉を読み進めるごとに徐々にスライムの体に言葉でできた鎖のようなものが絡みついていく。文字の内容が寿限無じゃギャグにしかならんが。

「『くうねるところにすむところ　やぶらこうじのぶらこうじ』……あ、途切れた」

クソ！　『ぶらこうじ』じゃなくて『やぶこうじ』のほうだったか！

文字の鎖が解けて消えていく。それと同時にこちらに向けてスライムが攻撃を仕掛けてきた。

直径一メートルはある炎の弾を散弾銃のように広く、かつ機関銃のように連射している。

おいおいおい！　なんだこりゃ、アルマの攻撃魔法の比じゃないぞ！

辛うじて避け続けているが、このままじゃ封印どころじゃない！　……あっ⁉

「う、うぉあっ！！？」

あぶねぇ！　着弾前に魔力のクッションを展開して防御したが、それでもＨＰが半分近く溶けた。

こりゃ駄目だ、空を飛んでるだけじゃいずれ撃墜される。

……詰んだかな、こりゃ。

あ、もう一発　当たる　避け切れ　な　い。

ドォンッ　と派手な爆発音と強い衝撃、そして耐えがたい高熱と激痛が襲い掛かってきた。

再び魔力クッションで防御したが、ＨＰが尽きたんだ。

少なからずダメージを負ってしまったせいで、体のあちこちが熱いし痛い。

落ちる、落ちてしまう。魔力飛行をしようにもダメージのせいか上手く魔力が纏えない。このまま
まじゃ喰われる前に地面と激突して死ぬ。

……人なんて死ぬ時はあっさり死ぬ。俺も例外じゃない。分かっているつもりだったのに。

ああくそ、死にたくないなぁ。まだやりたいことがいっぱいあったのに。アルマとレイナに食べ
させてあげたい料理もまだ山ほどあったのに。

レイナの誕生日祝いも、豪華にしてあげたかったのになぁ。

あ、そろそろ地面だ。……せめて最後は痛くないように死にた――。

激突する直前に、建物の影から黒い手が俺の体に伸びてきた。

一瞬あの暴食スライムの手かと思ったが違う。この、小さな人影は……？

「ま、間に合ったっす…！」

レイナが、俺の体を影の中に引きずり込んだのが分かった。

え、なにこれ。

●

「カジカワさん、大丈夫っすか⁉　火の玉がモロに当たってたっすけど！」

建物の影の中で、レイナが心配そうに声を上げている。

いや、レイナも俺も、影と同化しているのか？　これ、もしかして……。

《忍術スキルLv１【影潜り】実体を影に移し気配を消し、あらゆるダメージを無効化する技能。スキル使用者の任意で自分以外の対象も影に移すことが可能。ただし、影が光で照らされると強制的に実体化してしまう》

やっぱり忍術スキルか。……って、発動中ほとんど無敵じゃんコレ！　こんなん反則やろ！

Lv１の時点で既にチート級の技能を使えるとは。レイナ……恐ろしい子！

「……危ないから隠れてろって言っただろうに」

「あんなの相手じゃどこに隠れても無駄っすよ！　カジカワさんが封印失敗した時点で詰みっ

す！」

ですよねー。

バリケード張って籠城しようにも、不定形だからどんな狭い隙間にも入り込んでくるし、その前に普通に力ずくで破壊されるだろうしな。

感知能力も恐ろしく高い。アルマのご両親は気配だけで対象がどこにいるか手に取るように分かるらしいが、恐らくコイツも大差ないことができそうだから隠れても無駄。

俺が死んだ時点で封印できなくなるから、生き残ることは不可能に近いということだ。

そう考えるとレイナの行動は最適解だったと言えるか。いや、むしろ……。

「レイナのスキルをロクに確認せずに慌てて一人で突っ走った俺のミスか…。すまん、助かった」

「ふふふ、やっと役に立てたっす。もっと褒めてもいいんすよー？」

「ああ。レイナが助けてくれなきゃ今頃死んでたところだ、本当にありがとな」

「て、手放しで褒められると照れるからやっぱりいいっす……」

気恥ずかしそうに言葉を漏らしている。いや実際グッジョブである。

「あ、そろそろ一旦影から出ないと。この技、発動中魔力がゴリゴリ減っていくから長時間は使えないんすよ」

「ここで実体化するとスライムに捕まりそうなんだが」

「大丈夫っす。影の中ならものすごい速さで移動できるから距離をとるのは簡単っす」

《【影潜り】の発動中はMPを秒間1ずつ消費。影の中での移動速度は最大でおよそ秒速一〇〇メートル程度》

えーと、つまり影の中なら秒速一〇〇メートル、時速だと三六〇キロメートルでダメージを受けずに移動できるってか？　ホントチートだなぁ、夜の間とかレイナの独擅場になりそうだ。

建物の影伝いに移動し、バケモノから約一キロメートル離れた場所で実体化した。

体の状態を確認してみると所々深めの火傷を負っているのが分かった。痛い痛い熱い。

さっさと治すためにポーションをがぶ飲みし、生命力操作でHPを消費して全身の火傷を速やかに治し、念のためさらにポーションを飲んでHPを最大まで回復しておいた。

「その薬、すごい効き目っすね」

「俺の場合はポーション飲んだだけじゃ治らないけどな。生命力を回復した後、直接操作で治療してる。それよりレイナ、お前の力を貸してほしい」

「影潜りを使って一緒に移動しつつ、封印するんすね？」

「話が早いな。その技能は魔力消費が激しいみたいだけど俺が補給するから大丈夫だ。それより、危険な仕事になるが覚悟はいいか？」

「滅茶苦茶怖いっすけど、それが生き残ることができる可能性が一番高いから仕方ないっすよ」

……うん、怖いよなホントに。俺もめっちゃ怖い。

でも逃げ場はないし、このままだと俺もアルマもレイナも街の住人もみんな食われちまうし、やらんわけにはいかんのですよ。

レイナに魔力の補給を済ませた後、再び影潜りで声の届く距離まで移動。

メガホンを取り出し、もう一度封印の合言葉を叫ぶ準備をする。

「合図をしたら、すぐに潜れるように準備しといてくれ」

「了解っす！」

元気に返事を返してくれるレイナを頼もしく思いながら、封印の合言葉を今一度叫んだ。

「『じゅげむ　じゅげむ　ごこうのすりきれ　かいじゃりすいぎょの』……」

叫び始めた直後、スライムがこちらに向かって急接近してくるのが分かった。

先ほど再封印されそうになったことに脅威を感じているのか、すごい勢いで移動している。時速一〇〇キロメートルってトコか？　遅い遅い。

レイナの肩をポンと軽く叩くと、二人とも影に溶けるように消えていく。

スライムは困惑したように辺りを探っているが、もうそこには俺たちはいない。

声が届く距離をキープしつつ再び実体化。そして合言葉の続きを叫ぶ。

「『すいぎょうまつ　うんらいまつ　ふうらいまつ　くうねるところにすむところ　やぶらこうじのやぶこうじ』」

よし、多少続きを読むのにタイムラグがあってもセーフのようだ。

そしてやっぱり『やぶこうじ』のほうだったらしく、先ほどのように封印の言葉の鎖が途切れることはなかった。

その声に反応して再びこちらに接近してきたが、レイナの肩を軽く叩き再び影の中に潜り移動。

そして続きを叫ぶ。その繰り返しだ。

「『ぱいぽ　ぱいぽ　ぱいぽのしゅーりんがん　しゅーりんがんのぐーりんだい　ぐーりんだいの』」

しかし、こうやって姿を現して寿限無を叫ぶたびにこっちに向かってくるスライムを見てるとなんかちょっと可愛く思えてきた。パブロフの犬かな？

いや、既に何人も食い殺してるバケモンなんか飼うつもりは微塵もないが。怖いし。

《取り込まれた人数は現在二十七人。全員まだ衣服や装備を溶かされ始めている程度で、命に別状はない模様。再封印が完了すれば解放されると推測》

え、喰われた人たちはまだ助けられるってことか？

《消化吸収されていなければ救出は可能》

なら、さっさと封印しないとな！

「『ぽんぽこぴーの　ぽんぽこなーの』……っ！」

あと少しで封印が完了、といったところでこちらに向かって炎の弾が飛んできた。

撃ったのは、スライムじゃない。別方向から何者かが俺に向かって撃ってきたんだ。

だが、予想していなかったわけじゃない！

ペシッ！　と魔力のクッションを纏った手で、ハエでも払うかのように弾き防いだ。

思わず声が漏れそうになったけど、そうなったらまた最初からやり直しだから我慢だ！

「『ちょうきゅうめいのちょうすけ』ぇっ!!」

寿限無を叫び終わった直後、言葉の鎖がスライムの体を塗り潰すように絡んでいき、どんどん体積が縮んでいく。

その間に、スライムから取り込まれた人たちがまるでポップコーンのように弾き出されていく。

良かった、全員無事のようだ。ほぼ全員半裸だけど。

みるみる小さくなっていって、最後には一枚のピンク色のカードがそこに残った。

カードを拾って見てみると、表面に寿限無が日本語の平仮名で書かれていた。シュール。

こんな状態でも膨大な生命力や魔力が感じとれる。アイテム画面に入れようとしたが、中にスライムが封印されているせいか無理だった。

「や、やったっす！　ポンポコとか変な言葉が聞こえてたけど、アレで本当に合ってたんすか？」

「あれは長生きできるように縁起のいい言葉を並べた、人の名前だよ。ほら、このカードに書かれてるのがさっきの合言葉だ」

「いや、なんて書いてあるのか全然分かんないんすけど。何語なんすかコレ？」

手渡されたカードを眺めながら首を傾げている。やっぱ日本語は読めないか。

「それよりさっきの火球を飛ばしたやつが気になるな」

「今回の事件の犯人っすかね？」

「あるいは協力者かな。建物の間に隠れているけど、バレバレだな」

マップ画面を使うまでもない。街の住人たちとは明らかに違う、異質な気配。

魔獣よりもさらに禍々しく不快な魔力反応。こいつは、まさか。

影潜りで建物の陰に隠れているそいつの背後で実体化し、気力を籠めた蹴りで思いっきり蹴っ飛ばしてやった。

「がはぁっ!?」

突然の不意打ちに対応できず、数メートルほど吹っ飛んでいった。

「か、カジカワさん、ちょっといくらなんでも乱暴すぎる気が……」

「気遣いは無用だ、コイツが犯人かその仲間なのはほぼ確定だし、そもそもコイツは人間じゃない」

ステータス表示を確認してみると、その正体が分かった

魔族：ラナウグル　Lv27　状態：人化擬態　打撲傷
【能力値】
HP（生命力）：293／487　MP（魔力）：357／384
SP（スタミナ）：201／254
筋力：199　攻撃力：199（+62）　防御力：244（+68）　素早さ：210
知能：308　器用さ：198　感知：177　抵抗値：249　幸運値：44
【スキル】
魔族Lv3　攻撃魔法Lv8　補助魔法Lv4　棍術Lv5　体術Lv5
【装備】
翡翠（ひすい）の棍棒（攻撃力+62）　魔絹のローブ（防御力+68）

コイツの正体は『魔族』だ。初めてお目にかかるな。

見た目は人間と変わりないように見える。これじゃ街の中に紛れ込んでても気づかんわな。

さてさて、それじゃあなんであんなことをしでかしたのか『お話』しましょうかね。

「ぐっ……！　貴様……！」

恨めしげな表情でこちらを睨みつける魔族。

パッと見少し美形よりの普通の青年に見えるが、メニューさんの目は誤魔化せんぞ。

「いきなり何を、とかぬかすなよ。さっき封印しようとした時に魔法を飛ばしてきたのがお前だってのは分かってるんだ。……というか今回の騒ぎはお前たちが黒幕だろう？」

「な、なんのことだ！　私はただあのバケモノに食われまいと隠れていただけだ！」

「だから、もう正体バレバレだから誤魔化す必要はない、と言っているんだよ。なあ魔族さんよ」

そう言うと恨めしげな表情から一変、驚愕(きょうがく)した顔に変わった。

「おとなしく質問に答えろ。そうすれば今なら半殺し程度で済ませてやる。……なぜ、あんなことをした。人が大勢死ぬところだったんだぞ」

そう言った直後、メニューさん、画面が勝手に目の前に開いた。

なんだよメニューさん、乱暴はやめろとか警告されてももう止める気は……え？

《魔族は人類及び亜人種にとって共通の敵であり、和解は不可能。情報を聞き出した後は半殺しではなく、速やかな殺害を推奨》

……止めるどころか、手ぬるいからすぐ殺せと申すか。メニューさん怖いです。

話が通じる相手はなるべく殺したくないんだけどなー……。

《魔族は、話が通じているように見えて、内心は人類を殺戮(さつりく)することに思考をはたらかせている。ここで生存させてもいずれ人類、また梶川光流及びその仲間に危害を加える可能性が極めて高い》

……そうか。そりゃ生かしておけんわな、うん。やっぱ殺そう。

「半殺しで済ませてやる、だと？　……人間ごときが、上から目線で私を見るなっ!!」

そう言うと、全身の肌が赤く、…いやホントに原色に近い赤色に変化した。キモい。

どうやら今までは魔族スキルの擬態技能で人間に近い姿になっていただけだったようだ。

それと同時に能力値が格段に上昇した。一・五倍程度まで増加している。

強化、というより擬態によって劣化していたステータスが元に戻った、と見るべきか。

「なぜ、あんなことをだと？　人が大勢死ぬところだった？　それこそが我々の目的だからだ！　人間など生かしておく価値などない、速やかに死ぬべきだ。無価値な貴様ら人間のその死に様に我々の愉しみという価値を加えてやるのだ、むしろ感謝しながら死んでいけ！」

「あ、あんた頭おかしいっすよ！　なんでそんなに魔族は人間を憎んでるんすか！」

「貴様ら人類が栄えているのを見ているだけで吐き気がする。この街の日常を眺めているだけで全て粉々に壊してやりたくなる。貴様のようなガキが仲睦まじく戯れているのを見ているだけで、その首をへし折ってやりたくなる。貴様らは、我々にとってはゴキブリ以下の害虫のようなものなのだ。お分かりかね？」

「分かるわけないっしょ！」

……なるほど、分かり合えないわけだ。

どうにも、精神構造そのものが根本の部分で人間と分かり合えないようにできてるっぽいな。

「さて、まだ聞きたいことはあるかね？」

「……いや、ない」

「そうか。では、先ほどのカードを解放すればまだやり直せるのでな。結界が消える前に早く死んでカードを寄越せっ!!」

そう言いながら、掌から火球をこちらの顔面に飛ばしてきたが、再び魔力の緩衝材を纏った腕で弾き飛ばした。

「今さらこんな火の粉が効くか。……ん？」

「魔法を弾く妙な技を使うようだが、これはどうかな！」

魔法を放ちながら距離をとって、別の魔法を発動したようだ。

放ってきたのは巨大な火球。さっきのスライムが放ってきた火球一発分に匹敵するほど大きい。

あれは流石に魔力のクッションじゃ弾けないだろう。現にさっき大火傷を負う羽目になったし。

俺に着弾した大きな火球が、轟音を立て炸裂した。

「か、カジカワさん！」

「避け切れずに死んだか、なんともあっけない……!?」

お決まりのセリフを吐いてる魔族の目には、爆炎の中から出てきた俺の姿が映っていることだろう。バカめ、フラグを立ておって。

ＨＰはごっそり持っていかれたが、なんとか無傷で済んだ。スライムに比べるとやっぱ少し威力が弱いみたいだ。でも、何発も受けていたらまずそうだ。

だから、もう速攻で終わらせるために魔力飛行で急接近した。

「またそれか！　だがそう何度も……っ!?」

棍棒で迎撃しようとするが、突然棍棒が魔族の手を離れ、あらぬ方向へ飛んでいってしまった。

タネは簡単。ただ気力と生命力を接続した魔力の遠隔操作で杖を弾き飛ばしただけだ。

それに面食らって、魔族がわずかな時間だが致命的な隙を晒した。

生命力と気力を混ぜ込んだ魔力を魔族の体に纏わりつかせて、そのまま硬化。

生命力で拡散を抑制し、気力を混ぜ込むことで力強く縛ることができる、魔力の拘束具だ。

「な、なんだ、体が、動かない……!?」

急に体の自由が利かなくなった魔族の額に向かって、過剰なまでに気力を集中させた中指を使ったデコピンをブチ当てると、パンッ　と小気味いい音と共に、魔族の首から上が弾け飛んだ
……うーわ、ちょっと気力を籠めすぎたかな。即死やん。

「う、うわあぁ……アルマさんが言ってた通り、ホントに頭がなくなっちゃったっす……」

「うむ、魔族相手にも十分通用するようだな。地道に訓練しておいて良かった。グロいけど」

……正直、ここまでするつもりはなかった。

さて、魔族が一体とは限らないし、念のため魔力感知で辺りを探ってみるか。

魔力を頭の中に集中して、辺りの魔力を探知……っ!?

「レイナ！　今すぐアルマたちのところへ戻るぞ！」

「えっ!?　ど、どうしたんすか……!?」

「くそ、戦いに夢中になってて気づかなかった……！」

アルマたちの魔力の傍に、禍々しい魔力の反応があることに気が付いた。

それも、先ほどの魔族とは段違いに強い反応が。

●

「アルマちゃん、大丈夫！　彼なら大丈夫だったたってば！」

「……っ」

カジカワ君が撃墜されたのを見て、血相を変えて飛び出そうとしたアルマちゃんを呼び止める。

下手に近づいたりしたら、彼女までスライムに取り込まれてしまいかねない。

それに、魔族がこの街に何体か入り込んでいると精霊たちが警告している。

「いいから落ち着いて！　スライムと鉢合わせたらどうするの⁉　それに、精霊たちが言うには何体か魔族がこの街に侵入してるらしいんだ！　迂闊に動くのは危険だってば！」

「……その魔族って、何体入り込んでるか分かる？　多分、三体いると思うけど」

「……えっ？　なんで分かるの？　精霊たちに聞いたの？」

「ヒカルと私は周囲の魔力を感じとる技を使える。……私は慣れていないせいか、あまり長時間は使えないけど」

「それも魔力の直接操作ってやつなの？　便利だねー……もしかして、どこに魔族がいるのかも分かったりするの？」

「この近くに一番大きな反応がある。多分、魔族たちの中でもリーダー格だと思う」

「リーダー格って……ソレ、倒せそうなの？」

「分からない。けれど、放っておいたらヒカルが危ない。私が食い止めておかないと」

「どれだけ強いのか分からないけど、無茶しちゃダメだよ。一応、切り札として援護は呼んであるけど、もうちょっと時間がかかるみたいだから」

「援護？　この街にいる、他の冒険者たちのこと？」

「この街の冒険者たちは避難しようとしてる人たちの護衛をやってもらってるよ。私が呼んだのは外部の手練れさ。アタマはともかく、腕は確かだよ」

くそぅ、その助っ人がさっさと来てくれれば、なんとか状況を打開することができるのに。

どこで油売ってるのか知らないけど、早く来いよチクショー！

「……そろそろ鉢合わせる。準備して」

「もう……言っとくけど、ヤバそうだったらさっさと逃げるからね」

「あのスライムに比べたら全然弱い」

「当たり前でしょ⁉　比較対象がおかしいよ！」

この子、天然かな？　仮にあのスライムの半分程度の強さだったとしても即逃げるよ私は。

路地裏の角を曲がったところで、一人分の人影が立っているのが見えた。

黒いフードを被っていて顔がよく見えないけれど、双眼鏡のようなものでどこかを眺めている。

眺めている先は……スライムが暴れている方向だ。

……こりゃどう見ても怪しいね。どうしようか。

万が一野次馬根性で見物してるだけのアホな一般人だったりしたら、迂闊に攻撃できな――、

「『リトルノーム』、あの黒いフードを被っているのを地面の中に埋めて、蓋をして」

〈いえす、まむ！〉

「⁉」

どうしたもんかと考えてる最中に、アルマちゃんが精霊魔法を発動して、黒フードを被っている不審者の足元を一気に沈下させて突き落とした。

え、何してるの⁉　ていうか、リトルノームたち、私が使う時より仕事が早くない⁉

〈いつもむちゃなしごとさせやがって！　のうきがはやすぎだろ！〉

〈そのぶん、まりょくをおおくもらってるからべつにいいけどな〉

魔力を、多くもらってる？　もしかして、魔力操作ってやつで精霊たちに与える魔力の量を増やして、無理やり仕事の能率を上げてるの？　なんというブラックぶり。

都合三秒程度で黒フードを地面に埋めて封印してしまった。仕事早ぁい……じゃなくて！

「ちょっと!?　あの人、まだ魔族だって決まったわけじゃないでしょ!?　いきなり生き埋めにするのはやりすぎだって！」

「……そうでもないみたい」

「えっ？　……!?」

黒フードが埋まっていった地面が突如爆発し、中から人影が飛び出てきた。

「……これは、あなたたちの仕業？　随分なご挨拶じゃない」

黒フードを取っ払い、こちらを睨みつける目を見て、思わず息を呑んだ。

白目の部分が真っ黒で、血のように赤い瞳。

赤い髪の下には、原色に近い不自然な青い肌をした女の顔があった。

どう見ても人間の容貌じゃない。……なるほど、これが魔族か。

「失敗した。地面に埋めてから、そのまま押し潰しておけばよかった」

「あら、怖いわね。その言い分だと、私の正体にも気が付いているのかしら？」

……いや、ホントに怖えーなアルマちゃん。殺意が強すぎる。

笑みを崩さずに話す青い肌の女に向かって、剣を構えながらアルマちゃんが言葉を続けた。

「魔族。あのスライムをこの街に放ったのは、あなた？」

「ご明察。思った以上に上手くいって、私も驚いているわ。……っ！」

話している最中に、アルマちゃんがものすごいスピードで魔族に斬りかかった。

速い。まだ中堅職にもなっていない駆け出しの速さじゃない。けれど、魔族はそれをこともなげに短剣で受け止めて見せた。

「……躾がなっていないようね。親からどんな教育を受けてきたのかしら」

「殺す」

凄まじい速さで剣を振り続け、魔族はその全てを短剣一本でいなし続けている。

アルマちゃんの速さもすごいけど、それを完全に防いでいるこの女もヤバい。下手したら上級職レベルじゃないのコイツ。速すぎて入り込む余地がないんですけど。

「速さだけは大したものね。もっとも、重さは大したことないみたいだけど」

「お前たちのせいで、ヒカルが……！　許さない、絶対に許さない!!」

「！　おっと、武器だけじゃなくて、魔法まで使えるなんて……」

右手で剣を振っている途中で、左手から石の弾丸を魔族に向かって放った。

剣と魔法をどっちも使えるのが、『パラディン』の特徴だってヴェルガからの手紙には書いてあったっけ。なるほど、近接戦の途中で魔法を織り交ぜる戦いができるのはなかなか強力みたいだね。

「まるで、私たち魔族のような戦い方ね」

「!?　くっ……！」

意趣返しと言わんばかりに、今度は魔族のほうが魔法を放ってきた。

辺り一面を凍えさせるほどの強力な吹雪を吹き荒れさせて、私たちの視界を封じるのと同時に動きを止めた。

その隙に、アルマちゃんの背後に回り込んで両手を拘束しつつ、首元に短剣を突きつけてきた。

……いつの間に背後に回ったのかすら、分からなかった。

「魔法っていうのは、こういう使い方もあるのよ。馬鹿正直に放つだけなら、魔獣でもできるわ」

「くっ……！」

「下手に抵抗すれば即殺すわ。そっちの小さいのも動くんじゃないわよ。しばらくこのままおとなしくしておきなさい」

……人質ってわけ？　コイツの実力なら、アルマちゃんと私を各個撃破することなんか容易にできるだろうに、なんでわざわざそんなことを……。

「再封印は成功してしまったみたいね。まったく面倒な……」

魔族がそう呟いた直後、空から何かが接近してきた。

まるで上位の鳥型魔獣のような風切り音を立てながら飛んできて、着陸したのは一人分の人影。

「そろそろ来る頃だと思っていたわ」

降りてきた人影は黒髪で、仮面越しでも分かるほどの、怒りの形相を浮かべている男だった。

急いで魔力飛行でかっ飛んできた先で見たのは、アルマの首元に短剣を突きつけている青い肌の女の姿だった。

「あの怪物を再封印したのはあなたね。無駄な努力、ご苦労様」

「……アルマを放せ」

「あら、怖い顔。仮面で隠せないくらい怒っているのが分かるわ。この子はあなたの恋人か何か？」

「放せっつってんのが聞こえねぇのかぁ!!」

感情任せに怒鳴ると、青肌の女が不機嫌そうに顔を顰めた。

「……口の利き方には気を付けなさい。このお嬢さんの命は私の掌の上よ。あんまり怒鳴ると、驚いてうっかり掻き切っちゃうかもしれないわ」

「テメェ……!!」

「本当は今にでもそうしたいところだけれど、ここは穏便に交換条件といきましょうか」

「……交換条件？」

「あなたが持っているはずの、例の怪物が封印されたカードを寄越しなさい。そうすれば、この子は無傷で返してあげるわ」

っ！　このクソ魔族、まだあのスライムを使って街を滅ぼすことを諦めてねぇ……！

しかも、あのカードを渡したところでアルマを解放するとは限らない、というか十中八九渡した瞬間にアルマを殺すつもりだろう。

魔族っていうのは、人間を害虫程度にしか認識していない。約束を守るつもりなんざさらさらないに決まってる。

……だが、アルマを見捨てるという選択肢はありえない。だから――、

「分かった、渡すから、その子を放してくれ」

「っ！　ヒカル、駄目！」

「賢明な判断ね。それじゃあ、カードを投げて寄越しなさい。少しでもおかしな動きをしたり、変な方向へカードを投げたりしたらすぐにこのお嬢さんの首を掻っ切るから、気を付けなさい。そちらの小さいのも、指一本動かすんじゃないわよ」

「ちっ……」

俺とロリマスへ長々とイヤミったらしく話している隙に、準備は整った。

失敗すればアルマが死ぬかもしれない。絶対にしくじるなよ、俺。

さて、ではカードを取り出して……どこにしまったっけ？　あ、懐の中にあった。

あぶねーあぶねー、これで『失くしました』なんて言ったらシャレにならんわ。

「じゃあ、受け取れ」

懐からピンク色のカードを取り出して、意を決して魔族に向かって投げた。

カードを投げるのと同時に、魔族が醜悪な笑みを浮かべたのを、見逃さなかった。

カードを受け取るのと同時にアルマの首を掻っ切ろうと手を動かそうとした、その瞬間。

ベキリ、と嫌な音と共に、短剣を握っていた魔族の腕が変な方向へへし折れた。

「っっ!?　あ、あぐぁぁぁあああっ!?」

腕が折れた激痛に顔を醜く歪めながら、青肌の女魔族が絶叫を上げた。

その隙に魔力飛行で急接近し、掌から魔力の杭を勢いよく突き出し、女魔族へブチ当てた。

「ごはっ!?」

ちっ、咄嗟に後ろに飛び退いて直撃を防いだか。

アルマはなんとか魔族から引き剥がせたが、カードは魔族の手に渡ってしまった。

「な、なんで、私の、腕が……!? 何を、したの……!!」

痛みと怒りに顔を歪めながら問いかけてきた。

さっきのラナウグルとかいう魔族相手に使った魔力の拘束具と同じで、生命力と気力を混ぜた魔力を放出し、カードを投げるのと同時に女魔族の腕にとりつかせて、その魔力を使って腕をへし折っただけだ。

この魔族は強い。ステータスを確認すると、なんとLv43という大台に乗るほどの強敵だ。

ちなみに名前は『フルバータム』というらしい。魔族も名前長いな。

強敵だが俺の魔力の半分ほどを腕一本だけに集中すれば、どうにか折ることができた。

ついでに女魔族の短剣も回収してアイテム画面に放り込んで武装解除しておこう。せこい。

「ヒカル……!」

「怖かったな、もう大丈夫だ。……さて」

魔族から引き剥がしたアルマの頭をポンポンしつつ、女魔族の方へ向き直った。

「形勢逆転だな。お前一人で、腕一本でどうにかできると思うな」

「ふ、ふふふ、バカね……! カードは手に入ったのよ。これさえ手に入れば、どうにでも……」

自慢げにピンク色のカードを見せびらかしながら話している途中で、女魔族が固まった。

……？　カードを眺めながら止まってるけど、どうしたんだ？

「お、お前……！　どこまで私をコケにすれば気が済むのよっ!!」

かと思ったら、急に激昂してカードを俺に向かって投げ返してきた。

え、何やってんだコイツ!?　なんでカードを投げたんだ!?

「危ない！」

魔族が投げてきたカードを、アルマがキャッチして防いだ。

「……え？」

受け止めたカードを見て、先ほどの魔族と同じようにアルマも固まった。

え、どうしたんだ？　そのカードが何か……あ。

違う、バケモノが封印されてるカードじゃない。娼館の宣伝用のピンクチラシだったわコレ。

「…………ヒカル？」

ひぃ!?　アルマがものすごーく低い声で問いかけてきた。こ、怖すぎる！

「……カジカワ君、君、女の子を連れてるのにそんないかがわしい店に出入りしてるの……？」

「違うぞ!?　多分、こないだの食べ歩きの時にどっかの店で懐に入れられたんだ！　んな店行ったこともねぇよ！　ホントだって！」

「……話は後でじっくり聞かせてもらう」

アカン、これ絶対疑われてるわ。どうしてこうなった。つーか、本物のカードどこ行った？

俺は悪くねぇ！　いや、こんなもんさっさと捨てなかったから悪いと言えば悪いかもしれんが、元はと言えばあの魔族が悪い！　アイツのせいだ！　俺は悪くねぇ！

「お前のせいで無駄に修羅場になっただろうが！　死ねクソ魔族！」

「うるさい！　自業自得でしょうが！　お前が死ねっ!!」

折れた腕をぶら下げながら、もう一方の腕から魔法を放ってきた。

無数の、氷の弾丸。一発一発が俺たちを殺すのに十分な威力があると、メニューが告げている。

「『イフリート』！」

魔力操作で防ごうとしたところで、ロリマスがスキル技能を発動させた。

トカゲのような頭を模(かたど)った人型の炎が、氷の弾丸を一発残らず溶かしてしまった。アレが『イフリート』ってやつか？

《【イフリート】は火属性の中級精霊。下級精霊に比べ大規模なエネルギーの行使が可能》

確かに、アルマの扱うちびっこ精霊たちとは魔力量がケタ違いだ。

「甘い甘い。馬鹿正直に魔法を放つだけなら魔獣でもできるよー？　なんつって」

「この、クソガキが……！」

魔法を無効化されて、女魔族が苦虫を潰したような顔でロリマスを睨む。

高レベルなコイツの攻撃魔法は脅威だが、ロリマスの精霊魔法なら対応可能なのはありがたい。

この場で、確実に仕留める。

「アルマ、サポート頼む」

「分かった」

「ちっ！」

アルマと連携しながら、女魔族に接近戦を挑んだ。

女魔族は片腕が使いものにならない状態で、さらに短剣を失くしてしまっている。

短剣術だけでなく拳法のスキルも取得しているようだが、二人分の手数を相手するには厳しいだろう。卑怯（ひきょう）とは言うまいね？

「ここだ！」

「っ！」

「はぁあっ!!」

女魔族の攻撃を俺が魔力の杭で弾いた瞬間、生じた隙を見逃さずアルマが斬りかかった。

完璧なタイミングだ。拳法や攻撃魔法で迎撃しようにも、大きく体勢を崩しているから防げない。

……いや、駄目だ！

「アルマッ!!」

「えっ!?」

女魔族に斬りかかろうとしたアルマを、魔力操作で無理やり引き寄せた。

その直後、先ほどまでアルマが剣を振りかざしていたところに大きな炎の弾が通過した。

俺が引き寄せなければ、火だるまになっていたかもしれない。

「……今のは、攻撃魔法か？　いったい誰が……!?」

「あぐぁっ!?」

「っ！　ギルマス！」

後方にいたロリマスの方から悲鳴が聞こえてきて、それを見たアルマが叫んだ。

後方を見ると、ロリマスが地面に突っ伏していて、傍に見覚えのない人影が立っていた。

「ふん、余計な手間を取らせおって。フルバータム、無事か？」

「……遅いわよ、ムルガブイオ」

悪態を吐きながら女魔族の隣に歩み寄ってきたそいつは、原色に近い黄色い肌をした男だった。

……こいつも魔族か。見る限り、女魔族と実力は似たようなもんと思っていいだろう。

まずい。一体相手ならどうにか勝てそうだったが、二体は流石にキツい。

「さて、街を覆う結界が消えるまでもうあまり時間がない。さっさと死んでカードを寄越せ」

「ふふ、形勢逆転ね。さあ、死んで！」

ムルガブイオと呼ばれた魔族が槍を構えアルマへ、女魔族が俺のほうへ同時に襲いかかってきた。

俺たちを分断して、各個撃破するつもりか。

「はぁぁあっ‼」

「ほほう、なかなかの膂力だ！」

アルマは【暴風剣】に加え全身を気力強化して、どうにか猛攻を凌いでいる。

しかし、気力と魔力が尽きればそこで終わりだ。どうにか女魔族を仕留めて加勢しないと……！

「ほらほら！　片腕相手にその程度⁉　さっきまでの威勢はどこへ行ったのかしら！」

「ぐっ……！　おぶっ⁉」

しかし、この女魔族もそう簡単に倒せる相手じゃない。片腕でなお、俺を圧倒している。

膂力の差は気力強化で埋められるが、近接戦闘能力は女魔族のほうが圧倒的に上だ。

女魔族はフェイントを織り交ぜながら、的確にスキル技能を使ってこちらに攻撃を当ててくる。

それに対し俺は、素人拳法に魔力操作でどうにか応戦しているが、既に見切られ始めている。

「はぁっ!!」

「おっと、その『見えない攻撃』はもう見切ったわ！」

魔力の杭を掌から女魔族に向かって打ち込んでも、まるで見えているかのように避けられる。

多分、俺の体の動きを見て、次にどんな攻撃をするのか予測をしながら動いているんだ。

拳法スキルを使える女魔族からすれば、俺の拳法モドキなんか完全に下位互換なんだろう。

ダメだ、このままじゃアルマに加勢するどころかこのまま負ける。

実際、アルマとの組手でも、似たような状況に陥ってそのまま負けそうになって——。

負けそうになって、どうしたんだっけ？

「隙だらけよ！」

「あっ!?」

ボーっとしてる俺の足を払い、倒れそうになった俺の頭に向かって拳を振りかぶった。

「死になさいっ!!」

俺の頭を砕こうと迫る女魔族の拳を、咄嗟に分厚く魔力を展開して防いだ。

「くっ、また見えない何かが……え、な、何よ、コレ……!?」

展開した魔力の盾を、ガムのように軟らかくして女魔族の腕に纏わりつかせた。

そうだ、魔力ってのは変幻自在で決まった形なんかない。

なのに魔力の杭だの盾だの、スキルも使えないのに決まった形にこだわって運用してたらそりゃ負けるに決まってる。

なら、もうこだわらない。決まった形に囚われない。

もっと自由に、もっとヘンテコな形のままで戦ってやる！

「くっ、何かが纏わりついて、鬱陶しい……！」

「……痺れろ！」

「え？　……い、あ、がぁっぁあああああっ！！？」

「あだだだだだだだ!!　そ、そりゃやっぱ俺も感電するよなあばばばばば!!」

女魔族に纏わりつかせた魔力を、そのまま『電気エネルギー』に変換し、感電させた。

魔力は変幻自在。それは自由に形に変えられるってだけの話じゃない。

刃にも盾にも拘束具にも鎧にもなるし、それらを任意で火にも雷にも変えられる。

俺も一緒に感電してるんですけどね！　電撃によって神経を直接刺激されているせいか、外付けHPが残っているのに超痛いんですけど！

だが、電気に変換している魔力と接触している面積は、この女魔族のほうが広い。

俺は体中を絶え間なくビンタされてるくらいの痛みで済んでいるが、この女魔族はその比じゃない激痛に苛まれていることだろう。

そして今、コイツは感電して全身が麻痺している。ここで、決めるしかない！

「いってぇなクソがぁぁああ!!　くたばりやがれぇぇええええっ!!」

女魔族の胴体に、残りの魔力と気力を全て籠めた、魔力の杭をぶっ放した。

「がっほぉおおあぁぁぁあっ！！？」

魔力の杭が、女魔族の胴体をぶち抜き、貫通した。

もはや杭打ちなんて威力じゃない。まるでマニアックなロボットアニメか何かに出てくる、パイルバンカーのようだ。

よし、今の技は『魔力パイルバンカー』と名付けよう。……なんてアホなこと考えてる場合か。

「こ、こんな……バカ、な……」

最期に蚊の鳴くような声で呟き、女魔族が倒れた。

ステータス画面が赤く変わり、『死亡』と表示されたことを確認。どうにか、仕留めたか。

「ふ、フルバータムっ！　く、くそっ……！」

アルマと戦っている男魔族が、女魔族の名を叫んだかと思ったら、後方へ大きく退いた。

「……覚えているがいい、ゴミどもが……!!」

そう言い残したかと思ったら、全力で走って逃げ始めた。

ここで逃がすと厄介そうだ。アルマと一緒に追い詰めて、ここで確実に仕留めないと！

「アルマ、追うぞ！　……!?　アルマ……？」

アルマを見ると、剣すら手放して地面にへたり込んでしまっていた。

「はぁ、はぁ、……ご、ごめん、もう、動けない……」

大きな怪我はないようだが、スタミナが尽きかかっている。あと少しでも戦闘が長引いていれば、男魔族に殺されていたかもしれない。

……動けるのは俺だけか。女魔族を仕留めてレベルが上がったのか、魔力も回復したし、どうにか追うことぐらいはできるだろう。絶対に逃がさんぞ、じわじわと追い詰めてくれる！

あの野郎、足が速ぃ。魔力飛行で追ぃかけようにも、このままだとイタチごっこになるだけだ。

おまけに建物の影に隠れたりしつつ逃走しているものだから、追跡しづらい。

「待てやテメェっ！　待たないと殺す！　いややっぱ待っても殺す!!」

「誰が待つか！」

しばらく追いかけっこを続けていて、魔族が一際大きな建物の影に隠れようとしたところで、動きが止まった。

「な、あ、足が、動かん……!?」

「つ、捕まえたっす……！」

建物の影の中から小さな人影が飛び出てきて、男魔族の影をナイフのようなもので突き刺したかと思ったら、男魔族の足が止まった。

あのちっさいシルエットは、レイナか!?

《忍術スキル技能【影潜り】の応用技【影縫い】。対象の影を短剣で突き刺すことで、対象の足の動きを封じることができる》

そんな便利な技まであるのかよ。忍術スキルすげーな。

「貴様の仕業か！　邪魔だ、どけっ!!」

「あだっ!?」

影を突き刺しているレイナを張り倒して、影から引き剥がしやがった。

動きを止められたのは、ほんの数秒。しかし、その数秒は決して無駄な時間じゃない。

ブチ殺す。元々殺すつもりだったが、レイナを殴りやがったからまた殺す！　二回死ね！

どこまでも追い詰めて絶対に――、

「がはっ⁉　……な、なん、だ、こ、れ、は……⁉」

また追いかけっこが始まるかと思ったところで、魔族に向かって一筋の光が差し込んできた。

その光は魔族の胸に深々と突き刺さり、魔族の動きを止めた。

な、なんだコレ？　光る『矢』が、魔族に突き刺さってる……？

《弓術スキル技能【迅雷矢(じらいや)】殺傷力は低いが、命中した対象を麻痺させる技能》

え、弓術スキル？　誰が、どこから当てたんだ……？

「あー、いたいた。カジカワくーん」

「ヒカル、レイナ……！」

「！　……アルマと、ギルドマスター？」

動きの止まった魔族を呆然と眺めていると、アルマと一緒にロリマスが駆け寄ってきた。

この魔族に殴られて気を失っていたはずだが、目が覚めたのか。

アルマも尽きかけていたスタミナが回復しているようだが、メシでも食ったのかな？

《スタミナ回復ポーションを摂取した模様。イヴランミィより譲渡されたのだと推測》

……そんな便利なもんがあるなら、あらかじめ渡していてほしかったんだが。

《……スタミナ回復ポーションは高価で、ＳＰを１００ほど回復させる小瓶一本で約十万エン》

高いのは分かったけど街の危機だっつーの！　変なところで費用ケチるんじゃねーよ！

「どうにか間に合ったみたいだね」

「これは、アンタがやったのか？　どこからか飛んできた矢が魔族に刺さった途端、動きが急に止まったんだが」

「まーね。正確に言うと、援護を頼んでおいた助っ人が射ったんだけどね。ったく、おいしいトコばっか持っていきやがって……来るのが遅いんだよ」

助っ人？　どこにも姿が見えないんだが、いったいどこから飛ばしてきたんだ……？

《マップ画面の情報によると、街の外から結界を打ち破った後に迅雷矢を命中させた模様》

街の外からぁ？　おいおい、どんだけ離れた場所から狙撃してんだ。

つーか、サラッと結界打ち破ったとか言ってるけど、もしかしてとんでもなく強い助っ人だったりするのか？　ならもっと早く助けてほしかったんですが……。

「あいたた……！　痛いっす……」

「！　レイナ、大丈夫か？」

おっと、それよりも魔族にビンタされたレイナが心配だ。

駆け寄って確認してみると、殴られた頬が腫れているが他に大きな怪我はないようだ。

「ご、ごめんなさい……なんとか捕まえようとしたんすけど、失敗しちゃったっす……」

「いいから、おとなしくしてな」

生命力操作で頬を治してやってから、頭を撫でてやった。

「ちょ、か、カジカワさん？」

「無茶しすぎだ。下手したら殺されてたぞ。だが、よくやった。お前がコイツの動きを止めたから、外からの助っ人がコイツを仕留めることができたんだ。お手柄だぞ、レイナ」

「レイナ、本当によく頑張った。こうしてヒカルが無事なのも、スライムを封印できたのも、魔族を捕まえられたのも、全部レイナがいたから上手くいった。えらい」

「そ、そうっすか？　え、えへへ……」

頭を掻きながら照れくさそうに、しかし嬉しそうにニヤけている。

マジでよくやったよこの子は。成人したてとは思えない活躍ぶりである。

「ところで、そんなレイナの顔を思いっきり引っ叩いた野郎がいるんだが」

矢の影響で麻痺したまま動けない魔族を睨みながら言うと、憎悪の籠った目で睨み返してきた。

もう抵抗できない状況なのに、根性あるなコイツ。

「ちょっとちょっと、気持ちは分かるけど殺しちゃダメだよ。どうやって教会に入り込んだとかとか、他にも色々と事情聴取しなきゃいけないんだから」

「そうか、残念だ。仕方ないな」

そう言うと、魔族の顔が少し安心したように見えた気がした。やっぱ内心、報復されるかもしれないと恐怖していたみたいだな。

間違ってないぞ。

俺の全身を魔力で覆い、パワードスーツのように膂力を補助。これで気力強化に近い効果が得られるはずだ。

魔族の足を手で掴むと、『えっ？』とでも言いたげな、呆気(あっけ)にとられた表情を浮かべた。

「なら半殺しにしとくか。良かったな、命だけは助かるぞ」

「え、ちょ、カジカワ君、何する気――」

掴んだ足を振り回し、そのまま地面へ魔族の体を叩きつけた。

「ブゴァァッ！！？」

地面がひび割れ、砂埃が辺りに散らかっていく。

「でりゃぁぁぁあああああああっ‼」

「あごぁっ！　ブゲェッ⁉　ヘボブッ⁉　ゴベッ⁉　えぎゃぁぁぁあっ‼」

そのまま、高速でリズムを刻むメトロノームのように、魔族の体を繰り返し地面に叩きつけまくった。途中で手足が変な方向へ曲がったり歯が折れたり鼻が潰れたりしていたが、致命傷にならないように顔以外の頭部と首の骨だけは魔力で保護しておいたから、死んではいないはずだ。

都合十発ほど地面に叩きつけたところで気絶してしまったので、そのまま地面に投げ捨てた。

「ちょ、ちょっと⁉　やりすぎやりすぎ！　今の、死んだんじゃないの⁉」

「死なない程度に加減はした。これなら麻痺が解けても、もう何もできないだろ」

「そうかもしれないけどさ……うーわ、もうこれ再起不能じゃないの……？」

ボロ雑巾と化した魔族を、ロリマスがドン引きした様子で眺めている。

ホントならこのままブチ殺したいところだが、コイツから得られる情報も有益だろうし。

非常に不本意だがここまでにしておこう。

全部解決したしさっさと宿へ帰るか。あー、スゲー疲れた。

「……全部解決したところで、ヒカル、ちょっといい？」

「ん？　どうしたんだ？」

「コレについて、説明してくれる……？」

「え」

例のピンクチラシを見せながら、めっちゃ低い声で問いかけてきた。

いや、ちゃうねん！　マジでちゃうねん！　俺は潔白！　潔白です！

「え、なんすかソレ？　まるでこのカード、みたいっすけど、もう一枚あったんすか？」

あ、バケモノを封印したカード、お前が持ってたのかよ！　渡したの忘れてたわ！」

でも、そのおかげで魔族の手に再びカードが渡ることを防げたし、結果オーライ……いや全然オーライじゃねぇわ！

だから違うんですってアルマさん！　話を聞いてくださいな！　ちょっと！　つーかさりげなく後ろの方でカード回収して魔族を引き摺りながら逃げようとしてんじゃねーよロリマス！

……無事に危機を乗り越えたのに、さらなる危機が訪れたでござる。どうしてこうなった。

閑話　一方その頃の勇者

「はぁ～……」

ガタガタと激しく揺れて滅茶苦茶乗り心地の悪い馬車の中で、今後の不安からか、疲労のあまりにか、思わず溜息を漏らした。

召喚されてすぐに王宮に招かれて、王様から『ようこそおいでなさった、これから魔王を打ち倒して世界に平和をもたらす使命をうんぬんかんぬん』とか挨拶を受けて、出発前に王宮でごちそうを食べたりとかおもてなしを受けていたのも束の間。

王様のご子息、つまり第一王子様が挨拶に来て、オレの顔を見た直後に求婚かましてきやがりまして。

この王子、外見は優し気な印象で、実際に普段は温厚で人望もあるイケメン王子らしいが、オレの顔を見た途端になんか入っちゃいけないスイッチがONになったようで、周囲の人たちもドン引きしながら見てた。

『オレは男です』と告げても、まるで聞く耳持たず。後継者を残せるかどうかっていう切実な問題だぞ。頼むからもっと真剣に聞いてほしかった。

《いえまあ、この世界には完全な性転換ができる秘薬も存在しますし、その気になればお子様を残せるかどうかの問題は解決できると言えばできるんですけどねー……》

やめろ！　オレの最後の尊厳まで奪おうとするんじゃねぇ！

もう前世との共通点といったら性別が男だってことぐらいしかないんだぞ！

しかも、これまた近くにいた姫様方（約十人）がオレが男だということを聞いた途端、王子を押しのけて迫ってくる始末。何？　なんなの？　姫様方は女っぽい男が好みなの？　えー。

美人さんたちにモテモテで迫られてるのに、嬉しさよりも身の危険を感じたんですが。

……モテるようになりたいとは願ったけど、いくらなんでもこれはちょっと過剰だと思う。

徐々に騒ぎが大きくなり始めて、収拾がつかなくなる前に最低限の支度金だけ受け取って、結局その日のうちに逃げるように王都から他の街へ旅立つことになった。

着いた先の街で、仲間を募るために冒険者ギルドに寄ってみたりもしたけど、ロクに仲間を作ることもできずにソロで独り寂しくレベリングに勤しんでいた。

……冒険者ギルドで仲間を募ろうとしたら、誰が仲間になるかで揉めて大乱闘になったりしたから、この街でパーティを組むのはやめてほしいと言われちまった。オレが悪いのかコレ？

ようやく駆け出しぐらいにまでレベルが上がったから、次の街で仲間を募るために馬車で移動してるんだが、なかなか遠いな。気のせいか、大きな道から逸れてる気もするし。

なんて首を傾げながら景色を眺めていると、不意に首元からチクリとした刺激を感じたかと思ったら、急に猛烈な眠気が襲ってきた。

意識が途切れる寸前に見えたのは、向かいに座っていた客が吹き矢と思しき筒を構えている姿だった。どうやら、吹き矢に仕込んだ薬か何かで眠らされたらしい。

そして、目が覚めた時には、山賊のアジトの牢獄の中にいた。

状況から察するに、向かいに乗ってた客は人攫い担当の山賊だったらしい。

というか、途中から街道から外れた道を走っていたことを考えると、そもそも馬車の御者も山賊の仲間か、あるいは賄賂でももらって人さらいの手伝いをしていたと考えるべきだろう。

要するに、商品としてオレは攫われたわけだ。

……オレが、何をしたっていうんだ……。

アレか？　オレって実は神様にメチャメチャ嫌われてたりするのか？

転生させるときに容姿の選択ミスったり、過剰なまでにモテるようにして結果的に一人旅をするハメになったり、挙句にこの始末だぞ？

まあ、そうだよな。なんの目標もないただのフリーターがちょっとしたはずみで結果的に命がけで人助けしたくらいでチート能力もらって俺TUEEEしたいだなんて甘すぎたんだよな。

あ、ヤバい。なんか泣きそう。

《き、気を取り直してください。神様は決してネオラさんのことを蔑ろにしているわけではありませんよ。ただ、その、色々と空回りしたうえに不幸な偶然が重なったせいでこんなことになっているだけで……あ、泣き顔可愛いゲフンゲフンッ　とにかく、早く元気出してください！》

ありがとよ。でも途中でさりげなく欲望の声を交ぜるのやめろ。咳払いの意味ねぇだろ。

なんてネガティブな気分になりながら、どうにか脱出の手段を模索することになった。

……脱出の途中で、待ち侘びていた『出会い』があることを、この時はまだ予想することすらできなかった。

第五章　新たな一歩のために

魔族騒ぎの後、例のピンクチラシの件はどうにか許してもらった。

先日、食べ歩きした際に言い寄ってきたやたらセクシーな姉ちゃんがさりげなく懐に仕込んできたことを、姉ちゃん本人に確認してもらって、ようやく誤解が解けた。

その姉ちゃん、事情を話したら大笑いしてたけどな。

なにわろてんねん！　アンタのせいで危うく修羅場やったんやぞ！

いや、そのおかげでカードが魔族の手に渡るのを防げたわけでもあったんだが……もういいや。

現在は宿のキッチンにて、レイナの誕生日会用の料理を作っている真っ最中。

九品目の鮭っぽい魚と野菜の包み焼きを焼き上げ、周りに不審がられないようにこっそりとアイテム画面に入れて、料理が冷めるのを防いでおく。

はい、ではいよいよメインを作っていきますかね。

誕生日祝いには、やっぱケーキは欠かせないでしょう。

パンケーキ？　NO。割と本格的なスポンジケーキを使ったホールケーキですよー。

……これ一つ作るのにけっこうなお金がかかったりするんだよなー。砂糖とかこっちの世界じゃかなり高価だし。でもまあ今日ぐらいはいいでしょ。

スポンジ部分を作る作業だが、これがなかなか大変だった。

先日、パン屋のおばちゃんに無理を言って、キッチンを貸してほしいと頼んで作らせてもらった。

ケーキのレシピを提供するからなんとか頼むと言ったら、二つ返事で貸してくれた。感謝。

まずボウルに卵を入れ、混ぜてほぐしておいて、砂糖投入。

そっから鍛冶屋に頼んで作ってもらったホイッパー×2を使って泡立てる作業。

魔力操作ドリルの応用でホイッパーを回して泡立ててみると、予想以上に上手くいった。

最初はちょっと速めに回転させて、途中から少し遅めに回転させてきめ細やかな泡が立つようにする。ボウルを回しながら混ぜることで混ぜ残しを防ぐ。

それによく振っておいた小麦粉をさらに振りながら投入。

何回かに分けて優しく混ぜて、ダマにならないように注意する。

粉っぽさがなくなったら、あらかじめ湯煎で溶かして混ぜておいたバターと、バニラテを投入し、ヘラで切るように手早く混ぜる。

ちなみに、バニラの豆はケルナ村で栽培していたものを使用。鞘が枝豆みたいにデカくて、その豆を炒ると強いバニラの風味が出てきて、砕いてから牛乳に混ぜて温めるとバニラテになった。

混ざったら元のボウルに戻し、すくい上げるように全体を混ぜてよく馴染ませる。

調理紙で包んだ焼き上げ用の型に生地を流し込み、ヘラで表面を馴染ませてから余熱をかけておいたオーブンで焼き上げる。

……ちょっと反則っぽいけど、熱の調節はメニューさん頼りにさせてもらった。

《料理スキル保持者もスキル技能を頼りに火加減しているので、特に問題はないと判断》

それでもなんかこう、気が引けるんですよー……。

別に料理にプライド持ってるわけじゃないけど、なんだか地球側の料理人に申し訳ない気分だ。

焼き上がったら調理紙を型から外して、はみ出ている調理紙を縦に裂いて外側に広げる。

清潔な布巾の上に生地をひっくり返して生地が平らになるようにしておき、上からも布巾を被せさらにひっくり返して全体を布巾で覆う。

粗熱がとれたら布巾ごと皮袋で包んで涼しい場所で一晩放置。俺の場合は魔力操作で作った氷を敷き詰めた小型の氷室に入れておいた。

そして、一晩寝かせて生地がしっとりした状態の物が今ここにあります。料理番組かな?

焼き上がったスポンジ生地を横に真っ二つにした後、アルマと一緒に作ったソフトクリーム状のアイスクリームを塗り、スポンジ同士で挟む。

スポンジケーキの表面全体にクリームを綺麗に塗っていく。

このクリームやさっきのアイスクリームは『クリムスライム』と呼ばれる、生クリームに似た成分でできている家畜魔獣の体液と、さっきも使ったバニララテを混ぜて作られたものだ。

スライム系の魔獣は与えるエサによって変異する特性があって、牛乳ばかり与えれば生クリーム状に、果物ばかり与えればフルーツゼリーっぽくもなるとか。……ちょっと飼ってみたいかも。

上部にもクリームを絞ってデコレーションしていき、イチゴ(地球のものとほぼ同じだった)を綺麗に載せれば、バースデーケーキの出来上がり。

つ、疲れた。今まで作ったもんの中で一番大変だったかもしれん……。

さてさて、いつもならキッチン横の食堂で食べるところだが、何品もテーブルに並べるのはスペースをとりすぎるし、流石に目立ちすぎるので俺の部屋で食べることにした。

テーブルをアイテム画面に入れておいて、部屋の中で取り出して並べていく。

ケーキ以外の料理を並べていき、ジュースやお茶を用意して準備完了。

「あー、やっと準備できた。ちょっと遅くなっちまったなー」

「お疲れ、ヒカル」

「じ、自分なんかの誕生日祝いに、こんな豪華な料理を準備してくれるなんて……ふ、ふぐぅっ

……！　ありがとうっす……！」

「泣くな。こんぐらいどうってことないよ」

「うひょー！　うまそー！　早く食べようぜー！」

「……何さらっと交じってるんですか、ギルドマスター」

感極まって涙目になってしまったレイナをあやしていると、いつの間にかいたロリマスが会話に入ってきた。どっから湧いた。

「事後処理はいいんですか？　てかなんでここにいるんですか…」

「大体現状でできることはやっておいたから問題ないよー。つーか、これ以上仕事押し付けられるのも嫌だから、手持ちの仕事が全部済んでからすぐに脱出してきた」

「それで問題ないんですか……？」

「いいのいいの。どうせ君たちがいないとまともに説明できないこともいっぱいあるしね。ああ、ちなみにここに来たのには深い理由はないよ。精霊たちがなんか美味しそうな物作ってるって言ってたから、ごちそうしてもらおうかなーと」

図々しいなオイ！　なに当たり前のように飯たかりに来てんだこの人は！

「……まあ、別にいいですけどね」

「ゴチになります。ところで、さっきから敬語で話してるけど、別にタメ口でもいいんだよ？」

「上司に対してあんな話し方をするのは緊急時だけですよ。普段からあの口調だと立場上良くないでしょう」

「変なところで律義だねー」

今さらって気もするが、やっぱ礼儀は通しておくべきだろう。

それに、なんだかんだでこの人に助けられたのも事実だしな。

「それじゃあ乾杯しますか。ジュースとお茶どっちがいい？」

「ジュースで」

「ジュースがいいっす！」

「お酒ー！」

ねーよ！

「ありません」

「ちゃんと持ってきたから一緒に飲もうぜー？　レイナちゃんもせっかく成人したんだから初体験しようよー」

「お酒は二十歳になってからですってば！」

「そりゃ勇者の故郷の、ニホンでの話じゃないの？　この世界じゃ、十五歳になって成人したらその時点でお酒解禁だよ？」

酒の規制緩いな!?　アル中になっても知らんぞ！

「……発育に良くなさそうですから、飲ませるにしても少量でお願いしますね」

「お酒に興味がないわけじゃないっすけど、最初はジュースがいいっすよ。お酒に酔って料理の味が分からなくなるのはもったいないっす」

「いい料理こそいいお酒に合うんだけどなー。まあそう言うなら私も最初はジュースにしとこー」

それぞれのグラスに自作のジュースを注いでいく。

「それじゃあ、レイナの誕生日を祝って」

「「「乾杯！」」」

チンッとグラスを当ててから、全員が一気に中身をあおった。

その直後、全員が驚いたような顔をしてグラスを眺めている。

「うわ、うまっ!?　こんな美味しいジュース初めて飲んだっすよ！」

「……ヒカル、このジュースもしかして……」

中身が何かを察したアルマが、少し顔を引きつらせながらこちらに確認してきた。

「ああ、エフィの実を搾ったやつだけど」

「やっぱり……コレ、すごく高いジュースなんじゃないの？」

「エフィって、あの果物のエフィ？　これ市販のエフィより、ずっと美味しく感じるんだけど」

「天然物のもぎたてを使いましたからね。一杯で五〇〇〇エンは下らないと思います」

「ブフォッ!?　滅茶苦茶高級なジュースじゃないっすか！　もったいないっすよ！」

「自分たちでもいだやつだから原価はタダだよ。まあ売りに出せばそこそこのお金にはなるだろうけど、今日は特別だ」

「まあ、お金はまたハイケイブベアを狩ればすぐに手に入るし、今日ぐらいはいいと思う」

「ちなみに、そのハイケイブベアの肉を使った料理もあるぞ」

「ぬわあああ⁉　誕生日にまさかのクマ肉っすか⁉　いったいどの料理なんすか！」

「そっちの塩胡椒ふって焼いた肉。いや、冗談抜きで今日の料理の中で一番美味いんじゃないかってくらい美味いぞ？」

「ま、マジっすか……？」

引きつった表情で肉を眺めるレイナ。そんなに警戒しなくても。

ハイケイブベアの肉は、そのまま焼いて食べようとしても臭みが強くて不味いが、調理用の特別なカビを付けて一週間くらい薄暗い環境で寝かせ発酵させると、表面は腐ったように黒ずんでしまうが中身は臭み成分が旨味成分へ変化し、極上の味わいを持つ肉に熟成されるんだとか。

腐食して黒ずんだ表面を切って捨てて、熟成した中身を焼いて塩胡椒で味付けしただけだが、それでも一切れで軽くご飯一杯はいけるくらい濃厚な旨味と噛み応えがある肉料理になった。

レイナがおそるおそる食べてみると、テーブルに顔を突っ伏した。

「……すっごい美味しいのに、あのクマのお肉だと思うとなんだか釈然としないっす……」

「追い掛け回されたのが、まだトラウマになってんのか？」

「当たり前っすよ！　めっちゃ怖かったんすからね！」

そんなこんなで料理を楽しみながら祝う夜は、まだ始まったばかりだ。

ケーキを出した時に皆がどんな顔するか楽しみだなー。

……期待外れにならなきゃいいが。

●

祝いの席は少人数ながら賑やかだ。

鳥の唐揚げ、魚の包み焼き、ミートソースパスタ、箸休めの生野菜サラダ、トマトシチュー、クマ肉ステーキその他諸々、大皿に載った料理をバイキング形式で食べながら、談笑を楽しんでいる。

騒ぎすぎて他の部屋から苦情が来なけりゃいいが。

「この一口サイズの骨なしフライドチキン美味いねー。どこの店で買ったの？」

ロリマスが琥珀色の酒を片手に、唐揚げを頬張っている。見た目、完全に未成年なのに飲酒してる非行少女やん。

「恐縮ながら自前ですが」

「え？　じゃあその隣の妙にジューシーな鮭もどきのバター焼きみたいなのは？」

「それも私が作りました」

「……スキルなしで戦えるうえに、ギフトもないのに料理も作れるとか反則じゃね？　精霊たちが、『おいしそうなものつくってる』って言ってた時はてっきり外で買ったスープでも温めなおしてるのかと思ったけど、まさか本当に料理をしていたとはねー」

「レシピを故郷から持ってきていたから作れるんですよ。流石にレシピなしだと簡単な料理を十種類くらいしか作れそうにないですね」

「それでも十種類も作れるんじゃん、普通にすごいよそれ。優良物件だね君はー、ねぇアルマちゃん」

「…なんで私にふるの」

「なんでだろーねーハハハ」

大分出来上がってるようで、顔を赤くしながら酒と料理を瞬く間に消費していくロリマス。もうちょっと遠慮とかないんかい。このパーティの主役、レイナなんやぞ。

アルマも顔が赤くなっているけど、酒を飲んだのかな？　程々にしとけよ。

「ちなみにそのレシピは何種類持ち込んできたの？　三十種類くらい？」

「その軽く十倍はありますね」

スマホのレシピ帳の中にな。

いっけん多いように見えて、毎日三食食べてるとすぐレパートリー不足になるから、これでも少ないくらいだ。

「めっちゃ多いじゃん！　普通に料理店の一つや二つ開けそうなんですけど！」

「まあ、手に入らない材料なんかも多いので、実際に作れる料理は限られていますけど」

「どの料理もすっごい美味しいっすよ！　食べ過ぎてすぐお腹いっぱいになりそうっす！」

「あ、まだメインが残ってるから少し腹に余裕を残しておいたほうがいいぞ」

「ま、まだ隠し玉があるとは……このオトコやりおる……！」

なんか神妙な表情で格闘漫画のキャラみたいなセリフを吐くロリマス。この人のキャラがよく分からん。

「というわけで、そろそろ出しとくか。せっかく作ったのに、他の料理を食べ過ぎて食えなくなったらなんかすごく悲しいし」

「メインを作ってるところはなるべく見ないでほしいって言ってたけど、何を作っていたの？」

「そりゃ、誕生日と言えばアレでしょう。あ、レイナのテーブルの前を空けてくれ」

「へ？　あ、はいっす」

取り皿やらコップやらどかしてテーブルのスペースを空けて、準備完了。

……喜んでくれるといいが、俺の手作りだしなー。日本のケーキ屋で作られた物に比べるとどうしても粗が目立つんだよなー……。これでも精一杯頑張りました。許せ。

アイテム画面から、着火済みの十五本のキャンドルを挿してあるバースデーケーキを、レイナの目の前に取り出した。

「！」

「な、なぬぅ!?」

「な、な、なんすかこれは!?」

三人とも驚いてるけど、造りが雑すぎてドン引き……してるわけじゃなさそうだな。

もしかしてキャンドルをケーキに挿す風習がこっちにはなかったりとか？

「え、えーと、不器用ながら精一杯に作ったつもりなんだが、……なんか変なところでもあったか？　ところどころ粗があるのは分かってるつもりだが」

「今、どっから出したの!?　ていうか、コレどうやって作ったの!?　もうほとんど貴族様の食べ物じゃないのさ！」

「これ、ケーキ？　すごく美味しそう……」

「ふ、ふおぉぉぉっ……！　もう言葉にならないっす……！」

……大丈夫だった。感動してくれてるみたいだし、問題なさそうだ。良かった良かった。

つーか、貴族様の食べ物って。これがそうなら職人が作った本格的なケーキなんか神の食い物じゃん、大げさな。

大きさも、大体5号サイズくらいを目指して作ったんだが、まあ四人いれば食いきれるだろ。

「なんか火のついたロウソクが挿さってるんすけど、これなんなんすか？　飾り？」

「ケーキを食べる前に、誕生日を迎えた人はその火を一息で吹き消すんだ。そうすると、願い事が叶うっていう言い伝えがあるんだよ」

「いや、さっきも言ったけど、これどこから出したの？　空間魔法？　手品？」

再封印用のメガホンを収納したところを見られているし、もう隠す必要ないか。

魔力操作の危険性を理解できているし、言いふらすような人じゃないだろう。……多分。

「勇者と同郷だからか、勇者と同じように『メニュー機能』って呼ばれてる能力を使うことができるんですよ。その機能の中にアイテムバッグみたいな機能がありまして」

「うわぁ、便利だねー。もうそれだけで運び屋として生きていけるじゃん。……もう君にスキルなんかいらないんじゃないかな？」

「同感」

「いらないっすね」

いるよ！　いりまくるよ！　欲しいに決まってるよ！

でも取得不可。現実は非情である。シット。

「いいから、火を吹き消しな。ロウソクが溶けてケーキに垂れたりしたら食べづらいぞ」

「そうっすね。それじゃあ、すうぅ……ふうぅ～～～っ……」

レイナの吹いた息がロウソクの火を一気に消していき、一本残らず消火された。

願い事がなんなのかは知らないが、叶うといいな。

「それじゃあもう一度。……誕生日、おめでとうレイナ」

「おめでとう」

「おめでとー！」

「ありがとうっす……！」

満面の笑みで、言葉を返すレイナ。その目は嬉し涙か少し潤んでいるように見える。

「よーし、そんじゃさっそく食べようぜー！」

そして余韻をぶち壊すロリマス。空気読め。

「……少しは遠慮してくださいよ」

「こんな美味しそうなモンを目の前にして我慢なんかできるかー！」

「そこは同感っす」

「…うん」

「はいはい、ありがとう。それじゃあ切り分けますか」

俺の分は少し小さめに、レイナの分は少し大きめに。

アルマとロリマスには四分の一ずつ切り分け、いざ実食。

甘すぎず、薄味すぎず程よい甘み。しっとりとした食感で、イチゴの酸味と食感が絶妙なアクセントになっている。……うむ、我ながら悪くない、いや会心の出来と言っていいかもしれない。

他の三人も食べた直後に破顔し、幸せそうな表情をしている。

「外側のクリームはフワフワで、中のクリームは冷たくてちょっとシャリシャリしてる。美味しい」

「中のクリームはアルマと一緒に作ったアイスクリームだ。温度差のあるケーキも面白いかなって」

「あー、もしかしてあのシャカシャカたゆんたゆんって振ってたやつっすか」

「？　たゆん？」

言うな。アイスを作る過程で、クリームの入った容器をひたすら振る作業があるんだが、アルマが振っている間は色々と大暴れだった。眼福ゲフンゲフンッ。

「パンケーキとは少し違って、スポンジみたいな感触っすね。不思議な食感でパクパクいけちゃって、手が止まらないいんすけど！」

「甘いばっかじゃなくて、イチゴの酸味が爽やかでいいねぇ。んん、クリームの中に独特の風味も気になるけど、コレ何？　ミルクやクリムスライムだけじゃこんな風味にはならないよね？」

「炒ったバニソイ豆（バニラ豆）を砕いて、ミルクと一緒に煮て香りをつけています」

「バニソイって、香水なんかに使われてるアレ？　よくあんなのを料理に使う気になったね。食べるとすごく辛苦くて食用向きじゃないらしいのに」

「故郷では香水より、乳製品を使ったお菓子などによく使われていました。そのまま食べるのではなく、香りをお菓子につけるといった具合に」

「超美味い。特許出してみたら？　多分まだ誰もこんな使い方してないと思うから儲（もう）かるよー」

「特許うんぬんは面倒そうだし興味ないですけど、バニソイ豆の風味を活かしたお菓子を職人の人が作ったら美味しそうですね」

　過去の勇者がバニラ味のお菓子を広めていないのが謎だ。

　カレーの配合を伝承してるぐらいだし、バニラの有用性も広めておいてほしかったな。

「おおっ？　ちょっとお酒を飲んだ後に食べると独特の風味が生まれてさらに美味い！」

　そしてこの飲んだくれは変なマリアージュを生み出してるし。

　その様子を見てアルマとレイナがお酒を物欲しそうに見ている。

「ち、ちょっと自分も試していいっすか…？」

「…私も」

「いいよー、けっこう強いお酒だから飲み過ぎないようにねー」

　そう言いながら、なんでグラスいっぱいに注いでんだこの人は。

「ん？　カジカワ君は飲まないの？」

「お酒は苦手なもので」

「あら、下戸なの？」

「はい。というかそれ以前にアルコールの味がちょっと……」

「ほほう」

　会社や地元の飲み会は地獄だった。すぐ悪酔いするし、美味しそうな料理も酒の苦みに塗り潰されてまともに楽しめないし。お酒の味や酔いを楽しめる人が羨ましい。

　……？　どうしたロリマス、目が据わってるぞ。

「とりゃー！」

ロリマスがこちらに向けて急に何か投げてきた。これは、蛇？　いや、縄か？　……っ⁉

「う、うおわぁっ⁉」

な、なんだこの縄は⁉　まるで生きているかのようにひとりでに動いて、あっというまに縛り上げられたんだが！　つーか、何やってんだこの酔っ払いは⁉

「い、いきなり何を……⁉」

「ふふふー、こんなめでたい席で飲まないやつには流し込んでくれるー」

「ちょ、アルハラはやめてくださいよ！」

「いいからのーめ！　のーめ！」

「口元に酒瓶押し付けんな！　ちょ、二人ともこの酔っ払いを止め……」

アルマとレイナに助けを求めたが、二人を見た瞬間一目で無理だと悟ってしまった。

「ぎるますさんだめっすよーひひーひ。じぶんがのむぶんもとっておかなきゃ～えへーへへへ」

「……すぅ……」

レイナ、泥酔。顔を赤くして体を揺らしながら変な笑いを浮かべてロリマスに絡んでいる。

アルマ、就寝。酒を飲んで酔って、そのまま寝てしまったようだ。そこ俺のベッドなんだが。

まともな助けは期待できそうにない。どうしてこうなった。

「というわけで諦めるがいいー！」

「嫌ですってば！」

「じゃあ口移しで無理やり飲ませてやろうかー！」

「それはマジでやめろ！」

「うへへへ～じぶんがのむほうがさきっすよ～」

「レイナもこれ以上飲むのやめとけ！」

なんだこの地獄は。さっきまでの和やかなパーティはどこへ消えた。

「あ、ちょちょちょ、レイナちゃん足元おぼつかないのに絡むと危険だって、う、うわわっ⁉」

レイナがロリマスにもたれかかった挙句、あらぬ方向に二人でフラフラ歩いていく。

バランスを崩して、倒れそうになった先はアルマが寝ているベッドがあった。

「のわぁー⁉」

派手な音を立てて、アルマを下敷きにして酔っ払い幼女二人が倒れた。何やってんだこいつら。

その直後、ドンドンドン！　バタンッ！　と部屋の扉が乱暴に叩かれた後にドアが開き、宿泊客と思しき冒険者風の男性が、不機嫌そうな顔で部屋に入ってきた。

「おい！　テメェらさっきからうるせぇぞ！　いったい何やっ……」

男性が怒鳴りながら部屋を見渡しているが、怒鳴っている途中でフリーズ。

その目には、縛り上げられて正座で座っている俺と、顔を赤くした幼女二人がアルマを下敷きにしているカオスな光景が見えていることだろう。そりゃ硬直するわな。

「……幼女二人に身動き取れない状態にされた挙句、目の前で彼女寝とられてる最中とか流石に引くわ……」

硬直が解けた後、怒り顔からものすごく困惑した表情に変わり、呟く男性。

いやアンタのその発想に引くわ。

……これ以上は他のお客の迷惑になりかねないので、一旦お開きにすることにした。
酒は飲んでも飲まれるな。
ロリマス！　主にテメーのせいだぞ！

閑話　ロリマスと助っ人の、秘密のお喋り

「いやー、今回の騒ぎは大分ヤバそうだったね。遅くなってごめんね、イヴランちゃん」

「そう思うならもっと早く来いバカ。死ぬかと思ったわ」

「ひどくね!?　これでも転移のスクロール使ったりして全力で駆け付けたんですけど！」

「全然間に合ってなかったじゃん！　最後に美味しいトコだけ攫っていきやがって！」

「うっ……でもでも、アタシのサポートのおかげで無事に魔族を捕まえられたわけじゃんかー……そこまでボロクソに言われる筋合いないでしょー」

「あーはいはい、その件はもういいよ。それで本題だけど、アンタにはこれからやってほしい仕事がある。明日になったらすぐに第1大陸へ向かってね」

「えー!?　しばらくは第4大陸でのんびりしてようと思ってたのにー！」

「今はのんびりできるような状況じゃないことくらい分かってるでしょ！　今回、魔族のせいでこの街が滅びかけたんだよ!?　今回の魔族騒ぎは、なんか今までの魔族が起こした事件の記録とは毛色が違う気がするし、早めに手を打っておくに越したことはないんだよ！」

「ぶー……手を打つって、何をさせるつもりなのさ？」

「そりゃ、勇者の育成だよ。ああ、ちなみにその勇者ちゃんだけど、現在行方不明みたいだから」

「……は？」

「第1大陸の王都から逃げるように他の街へ移動して、しばらくソロで活動していたみたいなんだ

けど、数日前から消息を絶っているみたいなんだよね。というわけで勇者の捜索、頑張ってね。おい、い、い、姉ちゃん」

「こんな時ばっか姉扱いするなんてひどくない!?　いつもバカだのアホだの言ってるくせにー！」

「嫌なら断られたことをおばあちゃんへ報告――」

「やらせていただきます。だからあのグランドクソババアにチクるのだけはやめてください」

「よろしい。……そんなにおばあちゃんの耳に入るのが嫌なの？」

「嫌に決まってるでしょ!?　それにつけこんでどんな無茶振りされるか分かったもんじゃないんだよ!?　ホントあのババア死んでほしい。軽く1ダースくらい死んでほしい」

「おばあちゃん嫌われてんなー……無理もないけど」

「はぁ、まあいいよ。それで？　その行方不明の勇者を探し出してから、ちょっとばかし鍛えてやればいいってわけね？」

「うん。新聞の写真を見る限りじゃ可愛らしい子みたいだけど、容赦なしでヨロ」

「へぇ、どれどれ……うわ、超美少女じゃん。これ、早めに見つけ出さないと、変なのに目ぇ付けられた挙句、えらいことになるんじゃないの？」

「むしろエロいことになりそうだよね。下手したら山賊あたりに攫われて、そのまま商品として売られたりとか、その前に『味見』とかされそうじゃない？」

「言ってる場合じゃないでしょ。ああ、せめて男の子ならもっとやる気が出たんだけどなー……」

「やる気っていうか、ヤる気じゃないの？」

「だから言ってる場合かっての！　否定はしないけど！」

「否定しろよ！　勇者に手ぇ出したりなんかしたら厳罰どころじゃ済まないよ!?」

「冗談冗談。流石に女の子相手に手なんか出さないっての」

「アンタが言うと冗談に聞こえないよ、まったく。そんじゃ、さっさといってらー」

「はいはい、いってきまーす」

「ふぅー……あのバカ姉は色々抜けてるけど、数少ない特級職だし勇者の育成くらいはなんとかしてくれるでしょ。勇者ちゃんも女の子みたいだから襲われる心配もないだろうし」

〈いや、イヴラン。ゆうしゃ、おとこだぞ？〉

「……え？」

〈だから、おんなみたいなみためだけど、おとこなんだって。ゆうしゃのちかくにいるせいれいたちがそういってたぞ？〉

「えーと……つまり、勇者ちゃんは美少女じゃなくて、美少年ってこと？」

〈そうだぞ〉

「……あのバカ姉にそれがバレたら、どうなる？」

〈おそわれるかもな。ゆうしゃが〉

「おいちょっと待てバカ姉今すぐ戻ってこい！　やっぱお前勇者に関わるな！　バック！　カムバーック!!」

エピローグ　冒険者ギルドの受付にて

「では、レイナミウレさんはそちらのパーティへ加入するということでよろしいですね？」

「はいっす！」

「かしこまりました。ひと月ほど前にボロボロの格好のまま、何度も色々なパーティに声をかけているあなたを見ていてどうなることかと思っていましたが、その様子だと心配なさそうですね」

「あはは……お恥ずかしいところを見せてしまってたみたいで。ご迷惑だったなら、ごめんなさい」

「いえいえ。さて、ギルドへの加入及びパーティへのメンバー登録のほうが完了しましたが、パーティの人数が三人以上にまで増えた場合、パーティの名前と、パーティのリーダーがどなたかを決めていただく必要があります。要するに責任者ですね」

「じゃあ、ヒカルがリーダーで」

「右に同じっす」

「……拒否権はなしですかそうですか」

「では、次にパーティの名前は？」

「ヒカルに任せる」

「右に同じっす」

「ちょっとは考えようぜオフタリサン。丸投げヨクナイ」

「じゃあ『ヒカルとアルマとレイナ』で」

「そのまんま過ぎる」

「『食いしん坊万歳』とかどうっすか？」

「アリ寄りのナシ」

「……アリ寄りなの……？」

「ぶー。じゃあカジカワさんが名付けてくださいよー」

「あー……じゃあ、『希望の明日』で」

「おお、なんかカッコいい名前っす。どういう意味が籠められてるんすか？」

「いや、明日も美味いもん食ったりしながら楽しく生きられたらなー、って」

「……思ったよりずっと俗っぽい理由だったっす……」

「いや、だってそもそもこのパーティの目的って大体そんな感じだし」

「え、そうなんすか？　すっごい庶民的なんすけど……」

「うん、まあ、大体合ってると思う……」

「さて、パーティ結成も済んだことだし、次は何を食いにゲフンゲフン、何をしようか」

「リーダー、食欲が隠しきれてないっすよ」

「この街で食べられるものは大体食べたし、次の街へ行ってみるのもいいと思う」

「アルマさんもはしご酒感覚で悪ノリしないでほしいっす」

「それじゃあ、隣の港町にでも行ってみようか。海の幸とかこの世界だとどんなモノが食えるのか楽しみだしな。何食おうかなー」

「……食欲が行動指針になってるのって、多分このパーティくらいっすよね」

「んー、まあ確かにお世辞にも立派な目標とは言えないかもしれないけどな。でも、楽しく生きるっていうことに関しては割と真剣に考えてるぞ」

「うん。強くなるためにレベリングするのも、楽しく生きるのに必要なことだからやっているだけだし」

「今の生活を守るために強くなるのが俺の目下の目標だけど、レイナはなんか目標とかあるか？」

「えーと、とりあえずお二人の足を引っ張らないくらいまで鍛えることっすかね」

「そうか。それじゃあ、レイナがやってみたいこととか、将来の夢とかは？」

「そうっすねー……お母さんや、孤児院でお世話になった院長や一緒に暮らしてた子たちに、恩返しがしたいっす。もちろん、カジカワさんとアルマさんにも」

「……そうか。立派だな、レイナは」

「あと、あのバカ親父が出所したら今度こそ自分の力でボコボコにしてやりたいっす」

「お、おう……」

あとがき

こんにちは、ｓｉｌｖｅです。

この度はまさかの続刊ということで、一巻を多くの方々の手に取っていただけたことによって無事にお出しすることができました。いえーい。

第一巻は小説家になろう様にて公開しているＷｅｂ版を少し手直しするような形でしたが、二巻は内容を圧縮したうえで結構な量を改稿することになりました。

Ｗｅｂ版と比べても設定や描写に差異がある部分がありますし、特に戦闘描写などはまったく違う内容へと書き直しております。

お時間があれば、Ｗｅｂ版とどう違うのかを見比べてみるのも一興かもしれません。

なおＷｅｂ版は校正かけてないので文章的にかなりひどい内容な模様。やっぱＷｅｂ版は読むのやめて！

書籍版だけ読んで！

死んじゃう！

恥ずかし死しちゃう！

もしも三巻を出すことが決定したら、Ｗｅｂ版とはまた違った展開になるように改稿したいところ。まだ脳内でしか構想してないけどな！

そんな具合に、Ｗｅｂ版にはなかった内容が追加されたうえで、ボロボロだった文章を校正して、さらに問題がある部分を直してもらうように丸投げするのが一連の流れとなっております。

……編集のO氏には本当にお世話になっております。はい。

Web版との違いと言えば、ロリマスの髪が金髪からオレンジ色へと変わっていたりしますが、これは単に金髪のペタン娘が多すぎるためカラーチェンジしただけっていうね。

髪の色が変わると、イメージと大分かけ離れたデザインに仕上がるんじゃないかと思っていましたが、むしろこちらのイメージを上書きするほどのキャラデザをお出ししてくる生倉のゑる氏の技量よ。誠に感謝。

あと、漫画家の白瀬岬先生作画によるコミカライズ企画の方も進行中でして、こちらもWeb版や書籍版とはまた違った描写で描かれていくようです。

原作者としてだけでなく、私も読者の一人として楽しませていただこうと思います。

あー早く読みてぇー！

最後に、この本を書き上げるにあたってお世話になった方々、またこの本を手に取ってくださった方々に、心から感謝を申し上げます。ありがとうございます！

ではまた、三巻にてお会いいたしましょう！

え、三巻出るのかって？

出るよ！

きっと出るよ！

多分！

それでは！

BKブックス

スキル？　ねぇよそんなもん！

～不遇者たちの才能開花～ 2

2023年3月20日　初版第一刷発行

著　者　silve（しるゔ）

イラストレーター　生倉のえる（なまくら）

発行人　今 晴美

発行所　株式会社ぶんか社

〒102-8405　東京都千代田区一番町29-6
TEL 03-3222-5150（編集部）
TEL 03-3222-5115（出版営業部）
www.bknet.jp

装　丁　AFTERGLOW

編　集　株式会社 パルプライド

印刷所　大日本印刷株式会社

ISBN978-4-8211-4655-0